희망 디자이너
유창옥

유창옥 지음

희망 디자이너 유창옥

초판 1쇄 발행 2024년 8월 1일

지 은 이 유창옥
발 행 인 권선복
편   집 권보송
디 자 인 서보미
전 자 책 서보미
발 행 처 도서출판 행복에너지
출판등록 제315-2011-000035호
주   소 (07679) 서울특별시 강서구 화곡로 232
전   화 0505-613-6133
팩   스 0303-0799-1560
홈페이지 www.happybook.or.kr
이 메 일 ksbdata@daum.net

값 18,000원
ISBN 979-11-93607-46-6(03810)

Copyright ⓒ 유창옥, 2024

절망의 나락 속에서 **포기하지 않고 도전하며 희망의 증거가** 되는 이야기

희망
디자이너
유창옥

경제적 식물인간이
희망을 잃지 않은 법

유창옥 지음

현재의 불행은 진정한 행복으로 가는 귀한 여정입니다.
행복은 어려움을 겪은 사람만이 가질 수 있는 보석입니다.
어려움의 깊이만큼 행복이라는 보석은 영롱하게 희망의 빛을 발할 것입니다.
그 희망의 증거가 이 책에 있습니다.

도서
출판 행복에너지

추천사

안상교
화성상공회의소 회장

　화성상공회의소 인문학습원 12기를 수료한 유창옥 작가가 출간한 『희망디자이너 유창옥』은 어려운 경영 환경에서 실패를 경험하고, 결코 회복할 수 없는 극한의 상황 속에서도 꿈과 희망을 버리지 않고 도전함으로써 새로운 인생 2막을 열어가는 가슴 뜨거운 이야기입니다. 더욱이 화성상공회의소가 급변하는 경영 환경 변화 속에서 우리 기업들이 경영상 애로를 해결하는데, 지금까지의 패러다임으로는 한계를 느끼고 경영의 답을 철학과 문학, 역사에서 찾고자, 경영인들이 대학 강단의 전유물이었던 인문학을 대중 속으로 불러내어 시대의 흐름에 맞추어 인문학적 지식의 장으로서 2016년부터 인문학습원을 개원하였는바, 인문학 각 분야의 최고 강사진으로부터 13주간 교육을 받은 후 영감을 받아 훌륭한 저서를 발간함에 더욱 의의가 있다고 생각합니다. 이 책은 어려움에 처해 있는 사람과, 절망 속에 빠져 있는 사람, 새로운 인생 목표가 필요한 실버 세대에게 동기 부여와 더불어 새로운 도전의 길을 열어주리라 확신합니다.

김서호
순복음대학원대학교 총장

　본교 상담학 석사과정을 공부하고 있는 유창옥 작가는 어려운 환경에서도 배움의 열정을 저버리지 않고 열심히 공부하고 있는 모범 학생입니다. 유창옥 작가의 책 『희망디자이너 유창옥』은 그의 성실성과 열정을 가지고 실패의 나락 속에서 절대로 굴하지 않고 희망의 끈을 잡았듯이, 모든 사람들에게 절망 속에서 굴복하지 않고, 포기하지 않고 도전하면 희망의 증거가 될 수 있다는 것을 보여주리라 확신합니다. 정말 힘이 들고, 절망 속에 빠져 있는 분, 무엇을 해야 될지 모르고 미래의 목표가 안 보였던 분들에게 나침반과 같이 희망의 길로 인도할 것입니다. 이 책을 통하여 대한민국 전역에 희망과 긍정의 에너지가 전파되어 희망의 나라가 되기를 바랍니다.

김순복
『벼랑 끝 활주로』 저자
한국강사교육진흥원장

　유창옥 작가님의 『희망디자이너 유창옥』은 고난과 절망 속에서
도 삶을 포기하지 않고 자신의 꿈을 이루어 낸 저자의 감동적인
자전적 여정을 담고 있습니다. 이 책은 현재 어려움을 겪고 있는
이들에게 큰 용기와 희망을 줄 것입니다.

　현재의 불행은 진정한 행복으로 가는 귀한 여정입니다. 행복은
어려움을 겪은 사람만이 가질 수 있는 보석입니다. 어려움의 깊이
만큼 행복이라는 보석은 영롱하게 희망의 빛을 발할 것입니다. 그
희망의 증거가 이 책에 있습니다.

　저자를 오래 지켜보면서 본받을 점이 참 많다고 느꼈습니다.
저자의 도전정신과 끈기, 긍정적인 마인드는 독자들에게 자신의
인생에 대한 새로운 시각을 제공할 것입니다. 또한 이 책은 자신
의 꿈을 포기하지 않고 끝까지 최선을 다해 노력하는 것의 중요성
을 깨닫게 해줄 것입니다.

『희망디자이너 유창옥』은 절망 속에서도 희망을 잃지 않고 자신의 꿈을 이루어 낸 저자의 감동적인 여정, 희망의 증거가 되는 이야기를 생생하게 전달합니다. 이 책을 손에 든 독자들에게 앞으로 더욱 열심히 살아갈 용기와 영감을 줄 것이며, 삶의 의미와 가치를 다시 생각하게 해줄 것이라 믿고 강력하게 추천합니다. 그리고 늘 진취적인 삶으로 주변을 밝게 희망의 빛으로 비추고 있는 유창옥 작가님의 앞으로의 행보를 응원합니다.

추천사

정택수
한국자살예방상담센터 대표
(우석대학교 겸임교수)

'바닥을 걸어야만 다시 돌아올 수 있다, 그냥 바닥을 딛고 일어서는 것'

정호승 시인의 〈바닥에 대하여〉 시가 떠오릅니다. 유창옥 선생님과 만남, 인연은 생명존중전문강사 자격과정이었습니다. 많은 교육생이 자격과정을 마치고 계속 인연을 이어가지 못하는 경우가 많습니다. 그런데 유창옥 선생님은 자격과정을 마친 후 얼마 지나서 개인적으로 연락이 왔습니다. 한번 찾아뵙고 싶다고 하였습니다.

40년 직장 생활을 하면서 성실하게 열심히 살아온 사람인데 이렇게 가혹하게 인생의 바닥에서 많은 시련과 고통을 경험한 이야기를 전해 주셨습니다. 이렇게 힘겨운 사연을 말하면서도 연신 웃음을 잃지 않았습니다. 역시 '희망디자이너'였습니다.

60여 년 잘 살아오신 분입니다. 마음이 따뜻한 분으로 강사로서 본인과 같은 힘겨운 사람들에게 희망을 전해 주고 싶은 사명이 분명한 유창옥 선생님을 뵙고 어떻게든 도움이 되어 주고 싶었습니다. 인생의 롤러코스터를 타고 오르막과 내리막, 바닥까지 경험하면서 죽음까지 생각할 정도로 힘겨운 삶을 기록해 보면 어떨까 하는 마음에서 책쓰기를 권유하였습니다.

책을 쓴다는 것은 쉬운 것은 아니지만 힘겨운 삶의 경험을 글로 남겨, 절망에 빠지고 자살을 생각할 정도로 힘겨운 사람들에게 희망의 메시지를 전해 주길 바랐습니다. 도전해 보겠다고 하여 '책쓰기 멘토'인 정강민 작가의 책 쓰기 프로그램을 소개해 주었습니다.

『희망디자이너 유창옥』책 출간을 진심으로 축하드립니다. 경제적 식물인간처럼 회복이 어려울 정도로 절망적인 상태에도 희망의 한줄기를 버리지 않는 '희망디자이너' 유창옥 작가의 간절함이 배어있는 책입니다.

대한민국은 안타깝게도 25년 연속 자살률 1위로 하루 35명이 스스로 목숨을 끊고 있습니다. 개인적으로 하나뿐인 소중한 생명을 끊을 정도로 힘겨운 사연이 있겠지만, 그래도 살아야 합니다. 여기 유창옥 작가의 경제적 식물인간의 고통에서도 다시 한 줄기 희망을 가져야 합니다. '다시 한번 해보는 거야, 일어나, 일어나' 가사처럼, 이 책을 필독서로 읽고 다시 한번 일어나 희망을 품길 소망합니다.

정강민
책쓰기 멘토
『위대한 기업은 한 문장을 실천했다』 저자

절망은 늘 우리 옆에 숨어 있습니다. 이놈은 언제든 우리를 집어삼키기 위해 준비하고 있습니다. 저자는 10년간 하루도 빠짐없이 출근하며 일했지만, 결국 회사는 파산하고 경제적 식물인간 상태에 이르렀습니다. 자신의 이름으로 할 수 있는 것이 거의 남지 않았던 그 순간, 저자는 삶을 마감하려고 인천대교를 몇 번이고 방문했습니다. 하지만 그때마다 어머님의 기도하는 모습이 떠올라 마음을 다잡았습니다.

유창옥 선생님을 처음 만난 것은 책쓰기 특강에서였습니다. 자신은 아무것도 없지만 희망과 열정은 있다며 책쓰기 정규과정에 등록하였고, 매주 수업 때마다 미션을 완수하기 위해 최선을 다하는 모습은 인상 깊었습니다. 유 선생님의 살아온 이야기를 들으며, 단순히 글을 잘 쓰려는 사람이 아니라 자신의 험난했던 인생을 진솔하게 표현하고 싶은 사람임을 알게 되었습니다.

이 책은 빈사상태로 죽음의 문턱까지 갔던 저자가 살아낸 경험

담입니다. 절망 속에서도 희망을 품고 현재를 살아가는 그의 진솔한 이야기는 많은 이들에게 울림을 줄 것입니다. 누구나 인생에서 최악의 절망을 경험할 때가 있습니다. 그 순간에는 먹기도, 숨 쉬기도, 똑바로 서 있기도 힘듭니다. 저자는 이러한 경험을 책에 녹여내며, 현재 희망 없는 고통 속에서 잠들지 못하는 독자들에게 희망을 이야기합니다. 자신도 같은 어려움을 겪었지만, 지금도 살아가고 있다며 독자들과 함께 희망을 나누고자 합니다.

투박할 수 있지만 진솔한 이 책은 많은 사람들에게 희망의 등불이 될 것입니다. 책을 읽은 독자들은 '이런 분도 계시는데 나도 열심히 살아야겠다.'는 생각을 반드시 하게 될 것입니다. 저자의 거칠었던 삶이 많은 사람들에게 희망을 주고, 그들의 삶에 긍정적인 변화를 가져오기를 바랍니다. 많은 사람들이 이 책을 통해 삶의 동력을 다시 찾기를 진심으로 바랍니다.

김미경
화성 상공회의소 인문학습원 총원우회 4대 회장,
성환공구 대표

　인문학습원 12기 원우인 유창옥 작가의 『희망디자이너 유창옥』 책 출간을 축하드리며, 절망 속에서 굴하지 않고 칠전팔기의 오뚜기와 같은 불굴의 정신으로 희망의 증거가 됨을 보여주는 이 책은 어려운 경제 상황에서 모든 기업인과 절망 속에 빠져 있는 사람들에게 꿈과 희망을 안겨주리라 확신합니다.

이치숙
상담학 박사
경기가정폭력상담소장

　그는 절망이 무엇인지, 희망의 노래가 무엇인지 이미 알아차리고 있다. 세상에서 가장 소중한 것들로 인하여 정녕 나에게 올 것 같지 않았던 실패와 역경에서도 감사함으로 당당히 일어서서 외친다. 펼쳐보지 못하였던 꿈이 이제 세상을 향하여 다시금 날아오르는 그의 힘찬 날갯짓은 실패에서 성공으로 나아가는 삶의 증거이자 희망을 감싸 안고 도전하는 삶의 희망 디자이너이다.

류시호
동북일보 논설위원
시인 수필가

　유창옥 작가는 기아자동차에서 같이 근무하던 후배인데, 같이
근무할 때 아침 일찍부터 출근하여 하루를 준비하는 성실성과 모
든 일에 열정으로 임한 것이 인상에 깊다. 이 책을 통하여 어려움
을 잘 극복하고, 포기하지 않고 새로운 인생 2막을 열어가는 모습
을 보여주는 것을 볼 때, 그의 이야기는 절망 속에 빠져 있는 분,
어려움에 처해 있는 분, 새로운 인생의 변화를 원하는 분에게 큰
영감을 주리라 생각하며 꼭 필독을 권한다. 여러분 포기하지 말고
끊임없이 도전하며 살아요.

하채영
원일섬유 대표

 50년 이상을 같이 보아 온 고등학교 친구인 유창옥 작가가 평생을 성실과 노력으로 일관된 삶을 살아왔는데, 사업 실패로 죽을 정도로 어려움을 겪었음에도 불구하고, 뜨거운 열정과 불굴의 의지로 모든 어려움을 이겨낸 인간 승리의 스토리를 책으로 출간하여 많은 사람들에게 동기부여와 어려움을 이겨낼 수 있는 힘을 주리라 믿으며 꼭 권하고 싶은 책이다.

한성우
**수원교구 제1대리구
전 평신도사도직협의회 회장**

하상신학원에서 어려운 가운데에서도 희망을 버리지 않고 학업에 열중했던 유창옥 작가가 절망 속에서 희망을 엮어 낸 『희망 디자이너 유창옥』 책 출간을 진심으로 축하드립니다. 출간되는 이 책은 죽을 정도로 어려움이 닥치더라도 희망과 꿈을 가지고 도전함으로써 새로운 긍정의 인생을 만들 수 있는 능력을 주는 책입니다. 동기 부여와 자기 계발을 위하여 많은 분들에게 일독을 권하고 싶습니다.

프롤로그

희망은 정녕 나에게는 오지 않는가!

여러분은 '죽음의 문턱'에 서 본 적이 있나요. 아니면 죽음의 문턱에서 희망의 흔적을 찾은 적은 있는지요!

나에게는 꿈에서조차 생각하기 싫은 쓰라린 회사 파산에 대한 기억이 나의 뇌리에서 지워지지 않고 있습니다. 아무리 발버둥쳐도 헤쳐나올 수 없는 늪에 빠져 몸부림치던 현실이 나를 휘감았고 더는 꼼짝달싹할 수 없는 깊은 실패의 늪에 빠져버렸습니다. 죽음이 이러한 것을 조금이라도 누그러뜨리고, 잘못에 대한 일말의 해결책이 되리라고 생각해서 설악산 미시령 고개 구부러진 코너 길에서 절벽 아래로 떨어지는 자동차 사고를 위장한 죽음을 계획했고, 인천 대교에서 바닷물 속에 빠지려고 차를 세워놓고 난간으로 뛰어내리려 수없이 갔던 적도 있었습니다.

그러나 그 어려움 속에서만 살 수가 없었습니다. 나를 위로하고 나와 함께 아픔을 같이했던 가족이 있었고, 나를 지원하고 보호하는 많은 친구들과 지인들 때문에 나는 죽음을 포기했고 다시 재기의 꿈을 키우지 않으면 안되게끔 나를 몰아세웠습니다.

지난 60평생 살아오는 동안 누구보다도 40년 직장 생활을 열심히, 성실히 살아 온 나에게 이런 엄청난, 일어설 수 없는 한순간의 사업 파산은 청천벽력과 같은 소리였고 믿고 싶지 않은 현실이었습니다. 이전 회사의 대표이사에 대한 안 좋은 경험으로 내가 훌륭한 CEO가 되어 종업원들에게 최고의 대우를 해 줄 수 있는 회사를 만들고 싶었고, 많은 어려운 사람들에게 큰 도움을 줄 수 있고, 사회와 국가에 도움이 되고 싶었던 나였기 때문입니다.

사업을 시작한 이후 10년을 거의 하루도 빠지지 않고 불철주야 휴일도 없이 정신없이 뛰어왔던 나였기에, 누구보다도 성실하게 최선을 다하면 성공할 수 있다고 믿어 왔기에 사업에 대한 실패는 결코 받아들일 수 없는 충격적인 결과이었습니다.

절망 속에 빠져 있던 나는 희망의 지푸라기라도 잡으려고 발버둥쳤습니다. 이제는 수십억 원의 투자 금액이 연기처럼 사라지고, 경제적 식물인간이 되어버리고, 법인 대표이사로서 연대 보증을 서서, 십수억 원이 개인 채무가 되어 돌아와,

개인 파산을 신청하지 않으면 안 되는 형편이 되어버린 내가 어떤 일을 할 수가 있고, 어떤 일이 나에게 주어질까 하고 낙담 속에 빠져 매일매일을 보내지 않으면 안 되는 무능력자가 되어버렸습니다.

하루도 빠짐없이 반성 속에 살고 나의 잘못에 대한 자책을 하면서 지난 60평생의 인생을 차분하게 뒤돌아보게 되었습니다.

지금까지 나를 하나밖에 없는 보물로 여기고, 환갑을 바라보는 나이까지 항상 자신감을 불어 넣어 주셨던 어머니, 결혼 후 많은 부족함을 참아주고, "우리 집안이 잘살기 위해서 열심히 일을 하고 있다"는 나의 푸념을 아무 대꾸 없이 견뎌주고, 남편의 성공을 바라며 끊임없이 기도하고 참아준 아내, 사랑하는 아들. 며느리, 딸, 항상 나의 주위에서 용기를 잃지 않도록 지지해 준 친구들….

그들을 생각하면서 나는 당장은 할 수 있는 능력은 없지만 내가 할 수 있는 최선을 찾아가야겠다고 많은 번민 속에서 굳게 다짐했습니다.

그래서 시작했습니다. 죽음을 뛰어넘어 희망의 증거를 찾기 위해서….

경제적 능력이 전혀 없는 나는 내가 할 수 있는 "돈 안 들이면서 돈을 벌 수 있는 방법"을 인터넷을 통하여 이리저리 검색하며 찾기 시작했습니다.

그것은 바로 '강사'라는 직업이라 생각했고, 그것을 실천하기 위해서 다시 한번 악착같이 이를 악물고 뛰었습니다.

웃음 치료부터 웰다잉, 실버 인지 지도, 법정 의무 교육 등을 수강하면서 멋진 강사가 되기 위해서 하루도 빠짐없이 강의에 출석하여 수강생으로 보조강사로 때로는 강사로 미친 듯이 모든 것을 이루기 위해서 동분서주 뛰어다녔습니다. 그리고 내가 저지른 엄청난 실패가 새로운 인생의 도전에 대한 기회를 안겨주리라고 자위하면서, 신에게 묻고 싶었습니다. 내가 무엇을 잘못했는지요? 주님은 제가 어떤 길을 가기를 원하는지요? 그러한 물음을 가지고 3년 동안의 수원가톨릭대학교 부설 하상 신학원 생활을 무사히 마치고 졸업하였습니다.

또한 어려운 많은 사람을 돕고 공감을 통하여 긍정적인 방향으로 삶의 자아실현을 돕기 위하여 상담학 대학원 석사과정에 도전하고 있습니다. 그리고 많은 사람들에게 감동을 주고 삶에 변화와 가치를 안겨줄 수 있는 명강사가 되기 위한 길에 도전하고 있습니다. 바로 모든 사람에게 꿈과 희망을 선사하는 '희망 디자이너'로 말이지요.

저는 글을 잘 쓸 능력도 없고 전문가도 아닙니다. 그러나 나의 도전과 변화는 저 같이 실의에 빠지고, 절망의 늪에 빠진 많은 분들에게 희망을 드릴 것이라 확신합니다. 이 책을 통하여 할 수 있다는 자신감을 찾을 수 있을 것입니다. 이 사람도 열심히 살고 있는데, 나도 할 수 있다는 용기를 불러일으킬 것입니다. 또한 남이 아닌 나를 위해 새롭게 도전하고 반드시 실현해야 한다는 필연성을 느낄 수 있을 것입니다.

이 책이 나올 수 있도록 기도와 믿음으로 힘이 되어준 가족, 늘 격려와 용기를 불어 넣어 주었던 친구와 지인들, 많은 주변의 귀인들에게 감사의 말씀을 드립니다.

저는 계속해서 도전하고 새롭게 변할 것입니다. 첫 번째, 나를 위해서입니다. 둘째로 나에게 사랑을 주는 분들을 위해서입니다.

모든 절망적인 것들을 내던지고, 새로운 내가 되기 위한 희망의 증거가 될 수 있도록 멋진 미래를 생각하며 우리 다 같이 나아갑시다!

2024년 8월 한여름 뙤약볕 새로이 태어난 날에
희망디자이너 유창옥

CONTENTS

--- 1장

경제적 식물인간이 되다

--- 2장

희망은 정녕 나에게 오지 않는가?

1장

경제적 식물인간이 되다

마지막 꿈인 회사가 도산하다

한 번도 경험하지 못한 일들, 더 이상 경험하고 싶은 않은 일들.

"더 이상 도와드릴 수가 없습니다. 마음의 준비를 하셔야 겠습니다." 은행은 단호했다.

전 대표이사의 부당한 직원해고, 회사일보다 개인적 일을 우선시했던 행동, 회사가 올바른 방향으로 가기 위한 건설적 건의도 철저히 무시했던 행태, 난 제대로 된 경영을 하고 싶어, 그리고 종업원과 국가와 사회에 도움이 되는 작지만 알찬 회사를 만들고 싶어 2009년 2월 창업의 길로 들어섰다. 그 길은 예고된 가시밭길이었다. 많은 고심과 계획 끝에 집을 담보로 대출을 받았고, 지인들로부터 간신히 자금을 빌렸다. 당시 아내는 적극적으로 반대했었다.

당시 창업의 현실적 어려움과 내 목표 사이에서 방황할 때 나에게 큰 힘을 준 사람은 미국의 국민화가 '모지스'다. 그녀는 76세에 그림을 시작해 100세에 세계적인 화가가 되었고 1,600여 점의 작품을 남겼다. 갈팡질팡하고 있던 나를 강하게 밀어붙였다. "사람들은 50대 초반인 내게 이미 늦었다고 말하곤 했어요. 하지만 지금이 가장 고마워해야 할 시간이라고 생각해요. 무엇인가를 진정으로 꿈꾸는 사람에겐 바로 지금 이 순간이 가장 젊은 때거든요. 시작하기에 딱 좋은 때 말이에요"

일본 수출을 목표로 회사 시스템을 갖추고자 하니 시설투자 및 인력이 더 필요했다. 자연스럽게 초기 투자 비용이 계획한 것보다 더 들어갔다. 이것을 만회하고 회사를 정상적으로 이끌기 위해 회사 설립 후 직접 봉고 트럭에 제품을 싣고 전국 방방곡곡 안 다닌 데가 없을 정도로 도시며 시골구석 구석을 돌아다녔다. 판매처 사장님이 사줄 때까지 자리를 뜨지 않고 끈질기게 설득했고, 계속적으로 방문해 제품 기능과 타 제품과의 차별성을 설명했고 팔지 못하면 회사로 돌아오지 않았다. 또한 새로운 거래처를 만들기 위해서 발이 닳도록 지인을 찾아다녔고, 또한 지인의 소개로 수없이 많은 회사를 방문했다. 회사의 사정이 조금이라도 좋아지면 나는 직원들을 위한 복지제도 개선을 위해 힘썼고, 또 운영 자금이 조금이라도 여유가 생기면 회사의 발전을 위해서 시장에서 원하는 신규 아이템 개발에 더 투자했다. 위태위태했지만 멋진 회사를 만들어야겠다는 사명감과 반드시 성공하는 회사로 성장시켜야 한다는 책임감으로 나는 휴일도 없이 내 시간과 육체를 회사에 갈아 넣으며 나아갔다. 하지만 생각만큼 짧은 시간 내에 원했던 매출은 일어나지 않았고, 자금은 늘 마이너스였다. 품질 불량으로 일본 바이어로부터 호출을 받아 일본 전역을 돌면서 출장비를 아끼려 사장 혼자서 2주간 불량 부품 교환 업무를 한 적도 있고, 새로운 오더 확보를 위해서 일본 바이어를 방문하여 죽기 살기로 오더 수주를 받지 못하면 한국에 안 돌아가겠다는 배수의 진을 치고 비즈니스 미팅을 하기도 했다. 그리고 품질문제 해결과 매출 확대를 위하여 밤을 지새운 날이 부지기수였고, 지방 출장 때에는 만화방에서 쪽잠을 청한 적도 많았다. 나의 이런 수많은 노력에도 불구하고, 나의 목을 더욱 쪼인 일이 벌어졌다. 바로 2019년 일본의 반도체 소재 수출규제였다.

한일 관계는 상당히 냉랭해졌고, 일본 수출과 회사 발전을 위해 투자한 많은 신제품 개발은 지연되었고 일본 수출에 전면 의존하고 있던 우리 회사의 자금 사정은 더욱 숨이 막힐 지경이었다. 난 수개월간 월급을 받을 수 없었고 직원들은 1개월간 급여가 밀리기도 했다. 구매업체 대금도 약속한 날에 지불할 수 없게 되자, 업체들은 회사통장을 가압류했다. 난 업체를 돌아다니며 계속적으로 제품 공급과 소재 공급을 해 달라고 눈물로 호소하기도 했다. 이런 일을 계속 겪으면서 더 이상 버틸 수 없는 상태가 되었고, 아는 지인을 찾아가 돈을 빌리려 해도 더 이상 빌릴 수 없었고, 어느 곳에서도 돈을 단 1원도 융통할 수가 없었다. 그때의 심정은 만약 악마가 있다면 악마와의 거래를 통해서라도 돈을 마련했으면 했을 정도로 자금 사정은 최악이었다. 은행도 더 이상 대출 연장을 승인하지 않았다. 10년간 내 모든 것을 바쳤던 분신 같은 회사가 파산절차에 들어갔다. 나도 모르게 눈물이 주르륵 뺨 위로 흘러내렸다. 지금 이 글을 쓰면서 창업 당시 미국 국민화가 모지스 할머니의 말을 듣지 않았어야 했는데….하는 쓸쓸한 생각이 들기도 하고, '아내의 말을 들었다면 어땠을까'라는 후회의 감정도 든다. 회사의 컴퓨터, 기계 장비, 심지어 사무실 휴지통, 볼펜 한 자루까지 내 손으로 정리하고 마지막으로 폐업 신고서를 제출했다. 그렇게 끝났다. 그런데 내 앞에는 60평생 한 번도 겪어보지 못한 엄혹한 일들이 기다리고 있었다.

파산 후 닥친 거센 폭풍우

폐업 신고서를 제출 후 평생을 다 바쳐 일궈온 회사를 정리하니, 눈물이 펑펑 쏟아졌다. 아니 내가 무슨 잘못을 해서 무엇이 잘못되어 이런 몹쓸 일을 당하나, 회사를 창업하고 지금까지 11년간 벌어진 일들이 주마등처럼 지나갔다. 회사를 창업할 때 전쟁에 나가는 군인의 심정으로 비장한 마음을 가지고 갖은 반대를 무릅쓰고 어렵게 시작했고 별의 별짓을 다해 가며 지켜온 회사였는데 이렇게 한 순간에 무너지다니, 이러한 생각도 순간이었다. 마치 폭풍이 주위를 휩쓸고 있는 무서운 상황에서도, 태풍의 눈 속에서 평온함을 잠시라도 즐기려는 나에게 시간은 야속하게도 잠시도 기다려 주지 않고, 더욱 혹독한 일들이 나를 기다리고 있었다.

은행을 비롯한 30여 개의 채권자들을 대신한 채권추심회사들로부터 채권추심 절차에 들어가기 시작했고, 매일 매일 집 대문 앞에는 덕지덕지 채권 추심업체로부터 붙인 통지서와 금융업체에서 보낸 대출 현황 및 대출금 변제에 관한 내용의 등기물들이 수십 통씩 쌓이기 시작했고, 신용회사 직원들이 내가 살고 있는 집을, 수없이 방문하고 초인종을 누르기 시작했다. 이러한 상황에 익숙지 않은 아내는 겁에 질려 몸의 아픔을 호소하기 시작했고 그것을 보는 나는 숨이 막힐 지경이었다. 그러한 아내의 편치 않은 표정에서 나의 불안감은 더욱 심해졌고 초조해졌다. 그리고 집에 도착한 대출 상환에 대한 등기 편지를 뜯어보면서 흐르는 눈물을 주체할 수가 없었다. '나의 인생은 이것으로 마지막이 되는가, 아니면 일말의 희망이라도 있는 걸까. 아니면 나에게 내일이라는 시간이 올까?'를 중얼거리며 깊은 상념에 빠지기를 매일 매일….

또한 업체 대금이 지불이 안 된 협력업체 사장님들로부터 대금 지불에 대한 요청과 더불어 심한 말도 들었고, 심지어 만난 자리에서 대금 지불을 하라는 강제적 수단을 사용하는 분도 계셨다. 그때 죽어라 하고 줄행랑을 치면서 협력업체 사장이 돌아갈 시간이 될 때까지 후미진 골목길, 누구에게도 눈에 안 띄는 어두운 곳에서 두세 시간 동안 숨을 죽이고 고개를 푹 숙이고 기다리다가 집에 온 적도 있었다. 물론 대금 지불이 안 된 것은 잘못이지만 나 자신도 할 수 있는 모든 수

단을 동원해서 해결하려고 노력은 했는데도 불구하고, 회사
에는 단돈 한 푼이 남아있지 않았기 때문에, 더 이상 손을 쓸
수 있는 방법이 남아 있지 않았다.

회사 직원에게도 마지막 순간까지 최선을 다했지만 일부
임금 체불이 발생했다. 나 자신은 벌써 수개월 동안 집에 단
돈 1원도 못 갖다주었지만, 나름대로 노력은 했어도 불가항
력이었다. 회사 파산 전에는 그래도 은행이나 제2 금융권에
가서, 혹은 지인을 통하여 돈을 일부라도 융통할 수가 있었
지만, 회사가 어려워지면서부터는 전혀 돈을 마련할 방도가
없었다.

이제 사람을 만나는 것이 두렵고 무서워지기 시작했다. 혹
시 방문을 해서 심한 행동은 하지 않을까, 또한 많은 수술로
평상시에도 몸 상태가 좋지 않았는데, 건강이 안 좋은 아내
가 후유증으로 병이 악화되면 어떻게 할까? 솔직히 살아있
는 게 살아있는 것이 아니었다. 그리고 핸드폰은 전혀 받을
수가 없었다. 수없이 걸려 오는 채권자들 전화, 채권추심업
체 직원 전화, 업체 사장님들 전화, 나의 상황에 대하여 걱
정을 해주는 지인 전화 등…. 나는 날만 밝으면 세익스피어
가 말한 "공포가 안전한 장소를 가르쳐 줄 때는 줄행랑을 놓

는 것이 상책이다"라는 것을 실천하듯이 집에서 나왔다. 피할 곳이나 갈 곳이 별로 없었던 나는 산이나 공원에서 아무런 생각 없이 한없이 걸으면서 아니면 벤치에 앉아 멍하니 앞만 응시하고 있다가 아니면 무언가를 혼잣말로 중얼거리며 있었고, 혹은 도서관에 가서 손에 안 잡히는 책을 붙잡고 씨름을 하면서 날이 어두워질 때까지 기다리다가 그때서야 터벅터벅 무거운 발걸음을 옮기면서 집 앞에 도착해서는 혹시 낯선 사람이 있지는 않나 경계심을 가지고 여기저기 살피면서 엘리베이터를 타고, 사는 집으로 바로 가는 것이 아니라 1,2층 미리 내려 상황을 살피며 집으로 돌아왔다.

이제는 모든 것이 귀찮아졌고 하루하루를 버틸 힘도 없었다. 잠드는 것이 무서웠다. 하루하루 술을 마시지 않고, 술에 의존하지 않으면 잠이 오지 않았고 버틸 수가 없어서 매일 몇 병의 소주를 마셨다. 매일 매일 밤마다 악몽을 꾸고 일어나기를 하루에도 수 차례 반복하면서 잠을 제대로 잘 수가 없었다. 한두 시간 자다 보면 깨고, 내일 태양이 뜨는 것이 두려웠다. 느는 것은 한숨과 한탄뿐….

나에게는 탈출구가 없었다. 살인자의 누명을 쓴 '빠삐용(스티브 맥퀸)'이 죽음을 무릅쓰고 최후의 탈출을 꿈꾸며 야자열매

를 채워 넣은 자루를 만들어 천 길 아래 바다에 던지고 그것
에 의지해서 그 섬을 탈출하고자 나비처럼 훨훨 날아 천 길
아래 바다 절벽으로 몸을 날리듯이 그러고 싶었다.

파산 후 닥친 거센 폭풍우로 인해 '나'라는 배는 목표 없이
방향도 없이 비바람이 몰아치는 울부짖는 바다 속을 떠돌아
다니는 한 척의 난파선이 되어 있었다.

파산 후 닥친 거센 폭풍우

채권자를 피해 은신하다

하루하루를 불안과 초조 속에 살면서 채권자들이 보낸 채권 추심업체 직원들의 잦은 방문과 채권자들의 방문에 따른 초조감과 불안감으로 더 이상 집에 머물 수가 없었다. 왜냐하면 내가 집에 있으면 어떤 험한 일이 발생할 수도 있고, 건강이 안 좋은 아내의 병이 악화될 것만 같은 생각에 극도로 불안해졌고, 또 생각지 못한 심한 일들이 발생할 것 같았고, 나 자신도 극심한 스트레스와 긴장감으로 한시도 견딜 수가 없었다. 그리하여 아내와 상의를 한 후에 용인에 있는 친척 집에 며칠간 머물기로 하면서 무거운 발을 이끌고 용인으로 향했다. 한편으로는 공포에 직면했을 때 나타나는 생존 본능으로서 도피를 택하듯이….

집을 나서는 발걸음은 쇠구두를 신은 듯 무거웠다. 마치 한 번 나가면 이 집에 다시는 못 올 것 같은 그런 생각도 들었다. 몸은 용인에 도착하여 머물고 있지만 마음은 집에서 벌어지는 일에서 떠나지 못하고 해서, 현재 내가 느끼는 고통과 아픔은 하나도 나아지지 않았다. 몸만 떠나 있지 생각과 마음은 온전히 현재의 혼돈함에서 전혀 벗어날 수가 없었다. 그러나 아우구티누스의 다음의 말 "당신을 괴롭히고 슬프게 하고 있는 일들은 하나의 시련이라고 생각하라. 쇠는 달구어야 굳어진다. 당신도 지금의 시련을 통하여 더욱 굳건한 정신을 얻게 될 것이다."를 위안 삼으며 지내려고 했다.

친척분의 위로와 격려는 고마웠지만 솔직히 아무런 도움이 안 되었고 전혀 마음에 평온함을 가져다주지 않았다. 밥을 먹어도 밥술을 뜨는 둥 마는 둥 하면서 식욕은 떨어지고 음식물을 목에 삼킬 수가 없었다. 마치 생선 가시가 목에 걸린 듯…. 밥을 먹자마자 집에서 나와 주변 산책을 하면서 마음을 다스렸다. 흐르는 개울물과 산책로 옆에 길게 늘어선 나뭇잎들은 그나마 얼어붙은 나의 마음을 조금씩 조금씩 녹여주었다.

그때에 마음의 위로를 삼으려 반복해서 읽었던 엠마 골드만의 '희망을 찾아라'라는 시가 있었다.

희망을 찾아라

엠마 골드만

만약 그대가 절망에 빠져 있다면

그럴 때는 어떻게 해야 하는가?

끊어진 희망을 다시 이어야 한다

잃어버린 희망을 다시 찾아야 한다

무언가를 소망해야 하고

무언인가 희망해야 한다

생각하면 가슴 떨려 설레이는

그 무엇인가가 있어야 한다

희망이 없는가?

소망이 없는가?

꿈이 없는가?

그러면 만들어야 한다

꼭 만들어야 한다

너무 절망스러워

도저히 희망과 소망이 없어 보일지라도

찾아보고 또 찾아야 한다

그래도 없다면 억지로라도 만들어야 한다

왜냐하면 더 이상 꿈을 꿀 수 없음은

죽음을 의미하는 것이기 때문이다

몸은 외지에 나와 있지만 마음은 집에 있는 것처럼 집에 어떤 일이 발생했는지 궁금해서 아내에게 전화하여 상황을 확인해 보니 아내는 상기된 목소리로 "아직도 채권추심업체 직원들이 왔다 갔다 하고, 독촉되는 대출 상환에 대한 내용증명 미수령 딱지와 우편물도 계속 쌓여만 간다"라고 하였다.

불안한 마음이 들어 일단 집으로 돌아와 상황을 살펴보니 채권자들의 계속적인 방문으로 인하여 계속 집에 머무는 것은 무리일 것 같았다. 그래서 분위기가 바뀔 때까지 좀 더 집을 떠나 있는 것이 좋을 것이라 판단이 들어, 아내와 상의를 하고 시골에 살고 있는 친구에게 연락을 해서 친구집 방문이 가능한지 타진해 보니, 자기 집에 와서 새로 지은 농가가 있으니 문제없다며 와서 일주일 동안 머무르다 가면 몸과 마음도 가벼워질 것이라고 권유를 해서 집을 떠나기로 결정을 했다.

새로운 도피를 위하여 집을 떠나려고 아내에게 작별 인사를 하니 아내가 나의 손에 하얀 봉투를 쥐어 주었다. 나는 일주일 머무를 동안 갈아 입을 속옷을 담은 배낭을 메고 무거운 발걸음을 앞세워 이십 분 정도 걸어 전철역에 도착하여, 상봉동 시외버스 터미널까지 가는 전철을 여러 번 바꿔 타면서 도착하였다. 이 시외버스 터미널 이용은 47년 전 군대 생활할 때 오랜만의 반가운 휴가를 나오거나 쓸쓸한 마음을 가슴에 안고 부대에 복귀할 때 이용하고는 이번이 처음이었다. 횡성행 버스를 타고 자리에 앉아 집을 떠날 때 아내가 준 봉투를 열어 보니 그 안에는 돈과 쪽지가 들어 있었다. 바로 딸이 나에게 준 용돈과 쪽지였다. 쪽지의 내용은 "아빠! 밥 굶지 말고 사 먹어"였다. 그 쪽지를 읽어 본 순간 나의 눈시울이 붉어졌다. "그래 걱정 마. 아빠 잘 먹고 잘 정리하고 올께" 하고 마음속으로 다짐을 하고 횡성으로 떠났다.

횡성 터미널에 도착하니 친구가 버스터미널에 마중을 나왔다. 친구와는 군대 친구 경조사 때 만나고 오랜만이라 첫마디가 '반갑다.'하고, '오랜만에 밤새도록 지난 일에 대하여 이야기를 나누면서 회포를 풀자' 하여 횡성 시내에서 술과 통닭을 비롯한 골뱅이, 마른오징어 등 안주를 사서 30분 정도 차를 타고 친구 집으로 갔다. 집에 도착하여 밤을 지새우며 내가 왜 망했는지, 망한 후에 벌어진 상황에 대하여 설명을 하면서 자연스럽게 과거의 군대 생활 이야기부터 사회생활 하면서 서투른 행동으로 벌어진 일로 서 웃을 수밖에 없었던 순수했던 시절의 많은 이야기를 하면서 이야기 꽃을 피우다 보니 술은 몇 병을 먹었는지 엄청난 소주, 맥주 빈 병들이 방 여기 저기에 뒹굴고 있었고, 그렇게 많은 술을 마셨는

데도 취기를 전혀 느끼지 못하였다. 잠자리에 든 기억도 안 나는데 나는 이부자리 안에서 잠들어 있었다. 오랜만에 모처럼 술기운으로 깊은 잠에 빠진 하루였다.

눈을 떠보니 이른 아침이었다. 간단히 세수를 마치고 밖으로 나오니 시골의 맑고 청량한 공기가 내 얼굴을 감쌌고 그 기분은 오랜만에 느껴보는 신선한 공기의 맛이었다. 집 주위를 둘러보려고 나와보니, 양쪽 길에 옥수수가 다 따인 채로 옥수수나무만 남아 있었고, 길을 따라 10분 정도 걸어 나오니 길 건너에 있는 횡성호수라는 푯말이 보였다. 호기심으로 푯말을 따라가 보니 호수 입구가 나왔고, 온 김에 호수를 한 바퀴 도는 것이 좋겠다고 생각이 들어 가보니 횡성호수 둘레길이 잘 조성이 되어 있었다. 5코스가 9km 정도 되는데 호수 둘레 경관을 감상할 수도 있고, 산책하기에 편한 평지인 원시림 오솔길로 되어 있었다. 빠른 걸음으로 1시간 20분 정도 소요되었는데, 아무 생각 없이 보이는 호수 안에 물과 나무와 길을 따라 앞만 보고 걸었고, 그중에 5구간 가족길은 횡성호수를 가장 가까이 바라보면서 풍경을 즐길 수 있는 최고의 코스였다. 망향의 동산에서 출발하여 돌아오는 A코스는 아름다운 호수에 비친 반영을 감상할 수 있는 세 곳의 전망대와 아기자기하게 꾸며놓은 조형물들을 만날 수 있어 걷기 좋은 길이었고, B코스는 원시림으로 이어지는 오솔 길로 되어 있었고 호수 파노라마 풍경을 보는 횡성호수 쉼터 전망대와 은사시나무 군락지가 있는 길로 갈 수가 있었다. 횡성에 머무는 동안 1주일 내내 새벽에 둘레길을 산책했다. 횡성호수 산책은 나에게 어느 정도 마음의 안정과 힐링을 안 겨주었다.

횡성호수

둘레길을 산책하면서 나는 유대인으로서 나찌에 의해 강 제 수용소에 갇혀 있다가 천신만고 끝에 살아남은 빅터 프랭

클이 쓴 『죽음의 수용소에서』에 나와 있는 아래 구절을 곰곰
이 씹어 생각했다.

"정말 중요한 것은 우리가 삶으로부터 무엇을 기대하는가
가 아니라, 삶이 우리로부터 무엇을 기대하는가 하는 것이라
는 사실을 깨닫는 것이다. 삶의 의미에 대해 질문을 던지는
것을 중단하고, 대신 삶으로부터 질문을 받고 있는 우리 자
신에 대해 매일 매시간 생각해야 할 필요가 있었다. 그리고
그에 대한 대답은 말이나 명상이 아니라 올바른 행동과 올바
른 태도에서 찾아야 했다. 인생이란 궁극적으로 이런 질문에
대한 올바른 해답을 찾고, 개개인 앞에 놓여진 과제를 수행
해 나가기 위한 책임을 떠맡는 것을 의미한다."

많은 생각을 했고 많은 생각이 떠올랐다. 그러나 결론은
다음의 한 가지였다. '현재 내가 처한 상황을 현명하게 해결
하는 것이었다.' 일주일간 나에게 피난처를 제공해 준 친구
에게 고마운 말을 전하며 다시 폐허가 된 전쟁터인 집으로
향해야만 했다.

과연 오늘 이후에 어떤 일이 벌어질까? 하는 걱정을 한 보
따리 지고 집으로 돌아왔다.

집에 와보니 아내가 몹시 아파했다. 그동안 아내는 평생

겪지 못한 일들을 짧은 시간에 한꺼번에 수없이 겪었고, 극한 불안감과 스트레스로 몸은 황폐해질 대로 황폐해져 있었다. 높은 고열로 몸을 가누지 못해 약국에서 처방받은 약만으로는 전혀 차도가 없어, 고통 속에 있는 아내를 데리고 근처에 있는 종합병원 응급실에 가보니 열이 너무 높고 목 안도 너무 부어서 MRI촬영 등을 한 후에 입원을 하라고 했다. 며칠간 병원에 입원해 있는 동안 아내 옆에서 간호를 하면서 나는 또 깊은 자책감에 빠졌다. "다 나 때문에 아내가 병을 앓고 아프게 됐다"며 가슴을 치며 깊은 한숨을 내쉬었다.

병원 침상 옆 보호자를 위한 조그마한 긴 의자에 누워서 이리저리 뒤척이면서, 성경 마태복음 6:34에 나오는 "그러므로 내일을 걱정하지 마라. 내일 걱정은 내일이 할 것이다. 그날 고생은 그날로 충분하다"라는 구절을 되새기며 오지 않는 잠을 청했다.

은행의 경매 통보

횡성에서 집에 온 며칠 후 거래처 은행의 담당 차장으로부터 전화가 왔다. 대출 금액을 바로 상환하지 않으면 현재 살고 있는 아파트를 경매에 넘겨야만 한다는 내용이었다. "경매라니요?" 나는 놀란 목소리로 되물었고, 경매를 넘긴다는 아파트는 아내의 명의로 된 현재 살고 있는 아파트를 말하는 것이었다. 이 아파트는 20여 년 전에 작은 평수에서 살다가 아내가 알뜰살뜰 절약을 해가며 돈을 모아, 날아가듯이 엄청나게 기뻐하며 평수를 넓힌 소중한 우리의 보금자리였다. 이사 오던 날 아내가 기뻐하던 그 모습을 지금도 잊을 수가 없다. 15년 전 사업을 시작할 때 돈이 없었던 나는 아내에게 "사업을 꼭 하고 싶다"고 말을 하고 "이것이 처음이자 마지막 사업일 거야"하면서 "사업은 절대로 안 된다"며 사업 시작을 결사적으로 반대하는 아내를 간신히 설득하고, "내가 평생을 하던 업무를 사업으로 하니 잘될 것이고 큰 문제가 없다"고 호언장담 하면서, 혹은 아내에게 읍소를 하면서 천신만고 끝에 허락을 받고 아내 명의로 된 아파트를 담보로 2억원을 빌려 지인의 3억 원까지 합해 5억 원을 자본금으로 하여 사업을 시작하였다. 그러나 초기에 고정 매출처 미확보 및 제품 개발 지연 등으로 매출 부진이 일어나고, 운영 자금 부족으로 회사의 경영이 어려워져서 어디에서 자금을 융통할 방도가 없어서 아내에게 부탁을 하여 수억 원을 더 대출받아, 살고 있는 아파트는 한도가 넘어서 추가 대출을 더 이상 받을 수가 없을 지경이 되었다.

발등에 불이 떨어졌다. 돈이 한 푼도 없는 상태에서 아파트가 경매에 붙여지면 그야말로 낭패 중에 낭패였다. 방법은 아파트를 정상적인 거래를 통해서 매매를 하여 은행 대출금을 갚는 방법이 유일한 방법이었다. 머리를 망치로 "꽝"하고 때리듯이 정신이 멍해졌고, 몸이 달아 여기저기 뛰어다니며 동네에 있는 부동산 중개소 및 인근에 있는 모든 부동산 중개소에 허겁지겁 돌아다니며 집을 매물로 내놓았다.

나의 바램은 아파트가 정상적으로 매매되어 은행 대출금을 갚고서 단돈 얼마라도 남으면 월세라도 가는 것이었다. 만약 은행에서 아파트를 경매에 넘긴다면 그야말로 나에게는 아무런 희망이 없어지는 것이었다. 경매로 넘어가면 낙찰

가는 현 매매가보다는 월등히 작아지고, 문제는 경매 절차가 언제 끝날 줄 모르기 때문이었다.

매일 매일 매입자가 집을 보러 오는 것을 간절히 소망하고 기도를 하면서 하루하루를 지내게 되었다. 그러던 중 은행 담당 차장으로부터 바로 대출금을 갚지 않으면 경매 절차를 밟아야만 한다는 최후통첩이 날아왔다. 그 길로 나는 바로 은행담당자에게 달려가 '현재 집을 많은 부동산중개업소에 내놓았고, 많은 매입자들이 집을 보러 오고 있다고 하면서 금방 매매가 일어날 것이니 제발 얼마간만 시간을 더 달라고 호소'를 하였다. 그리고 나는 다시 매일 매일 아침 저녁으로 모든 부동산 중개소에 방문도 하고, 전화를 걸어 상황을 확인하고 간곡히 부탁을 하면서 독촉을 하였다.

회사 파산에 따른 많은 문제도 산적해 있는데 경매 문제까지 겹쳐 그야말로 설상가상이었다. 많은 채권자들의 채권 추심, 미지불 임금으로 직원들의 고용노동부 진정, 살고 있는 아파트의 경매 문제까지 겹쳐 정말 숨을 쉴 수가 없을 지경에 이르렀다. 불현듯이 세익스피어 햄릿에 나오는 "사느냐 죽느냐, 그것이 문제로다"라는 구절이 절망적인 나 자신을 흔들며 나의 머릿속에 맴돌았다.

시간이 하루 이틀 흘러가면서 집을 보러 오는 사람이 간간이 있었다. 그러나 집을 흔쾌히 사겠다는 매입자는 나타나지 않았다. 하도 답답하여 부동산 중개업자에게 "왜 사겠다는 사람이 없죠?" 물었더니, 대답이 "등기부등본상에 근저당권 금액이 매매 금액보다 높으니, 모든 사람이 문제가 있는 집이라고 생각을 해서 다 사려고 하지 않는다"라고 말했다. 정말 낭패였다. 만약 매매가 안된다면 그 다음은 경매 절차에 들어가고, 경매 낙찰이 될 때까지는 어떠한 엑션을 취할 수가 없게 되기 때문이다.

이제 더 이상 이 상황에서 벗어날 방법은 없는 것인가? 또 다시 숙연해지면서 눈물이 내 얼굴을 덮었다. 지나간 세월에 대한 반추도 앞날에 대한 어떠한 희망도 가지지 못하는 길 옆에 나란히 서 있는 가로등 기둥처럼 쇳덩이가 된 나를 발견하게 되었다. 니체가 말하듯이 "더 이상 자신있게 사는 것이 불가능하다면 차라리 당당하게 죽음을 택하라"라는 말이 어쩌면 그렇게 나 자신에게 하는 말처럼 들리는지 공감하면서 어렵게 몸을 이리 저리 굴리면서 안 오는 잠을 청했다.

그렇게 수개월의 시간이 흘렀지만 해결되는 것이 하나도 없었다. 이제 집 매매를 통해서 자력적으로 해결할 수 있는 시간이 얼마 남지 않았다. 나와 아내는 매일매일 온종일 기도 하면서 잘 해결되기를 계속적으로 간절히 소망했다. "지성이면 감천"이란 말이 있듯이 한 가닥의 희망이 보이기 시작했다. 은행에서 수개월 기다려 주었는데 더 이상은 못 기다리고 경매에 들어간다고 통보받은 바로 전날에 기적처럼 부동산 중개소 사장님의 전화가 왔고 두 팀이 집을 방문을 했다. 워낙 그 당시에 부동산 경기가 안 좋아 매매가를 높이 부를 수가 없었다. 단 돈 몇 만 원이 절실한 상황이었기 때문에 하루라도 빨리 매매가 체결되어서 정상적인 거래로 매매가 되어 은행 대출금을 갚을 수 있으면 하는 것이 유일한 바람이었다. 두 번째 집을 보러 방문한 분이 첫 번째 방문한 분보다 500만 원을 더 준다고 해서 천신만고 끝에 매매 계약을 하게 되었다. 매매 계약을 한 후에 얼마나 기뻤는지 모른다. 그야말로 몸이 날아갈 것만 같은 그런 홀가분한 심정이었다.

아파트 매매 금액은 은행 대출금을 갚고 나니 수중에 남는 돈은 얼마 안 되었다. 그 돈을 가지고 아내가 꼭 주어야 하는 곳에 주고 나니 내 손에 남은 돈은 몇백만 원밖에 안 남았다.
그야말로 완전한 빈털터리가 되어버린 것이었다. 과연 이 돈을 가지고 무엇을 할 수 있을까? 당장 필요한 돈은 월세를 얻으려면 보증금이 필요했고 이사 비용과 밀린 공과금 납부와 먹고 살아야 할 일들은 어떻게 해야 하는지 걱정이 앞섰다.

과연 나의 미래는 어떻게 될 것인가? 또 다른 걱정이 나의 머리를 어지럽게 했고, 보이지 않는 불안한 미래의 문제로 인해 내 앞은 더욱 캄캄해졌다.

절망 속에 빠져버린 나는 그나마 브라질 최초의 노동자 대통령이었던 룰라의 어머니가 어려움을 겪을 때마다 룰라의 손을 붙잡고 말한 "괜찮다, 잘될 거야. 가난한 사람은 소망을 품고 살아간단다."라고 말하며 "절망이 있다고 두려워하지 말고, 절망이 없는 것을 두려워하라. 절망은 미래를 꿈꾸는 자에게만 찾아오며 마음 속에 소망을 품고 살아가고 있다"라는 증거라고 했는데, 정말로 절망 속에서 희망을 찾고 미래를 꿈꿀 수 있는지 그것이 문제였다.

완전 빈털터리가 되다

아파트 매매가 체결되고 수중에 남은 돈은 수백만 원 정도밖에 없었다. 나와 아내는 부둥켜안으며 엉엉 눈물을 흘렸다. 스피노자가 "성실은 높은 지혜다"라고 했는데 정말 성실하게 60평생 앞만 보고 미련하게 일에만 매진해 온 나에게 이러한 비극적인 일이 일어나다니, '나는 정말로 지혜롭지 못했구나' 하면서 가슴을 치면서 한탄하였다. 그러나 그러한 잠깐의 슬픔의 시간도, 나에 대한 자책의 시간도 계속 가질 수가 없었다. 나에게 닥친 현실은 이제 아파트도 비워주어야 했고, 그러기 위해서는 나갈 집이, 아니 나갈 곳이 필요했고, 먹고 살 일을 걱정해야 했다.

날이 밝자, 나와 아내는 집을 나서며 이사 갈 집을 보러 갔다. 정확히 월세로 내놓은 집으로, 적은 보증금으로 월세로 나온 집을 찾았는데 그러한 집은 전혀 없었다. 다섯 군데 부동산 중개소를 방문하고 월세 집을 보러 갔다. 어두컴컴

한 반지하에다, 어느 집은 대문도 없었고, 들어가는 집 현관을 찾을 수 없을 정도로 건물 구조가 복잡했고, 또 어느 집은 현관으로 들어가는 입구가 너무 작아서 냉장고도 못 들어갈 정도로 좁았다. 또 어느 집은 옥탑방이었다. 현재 살고 있는 아파트 평수는 조금 커서 아무리 짐을 줄여도 현재 갖고 있는 돈으로는 옮길 만한 집을 찾기가 마땅치 않았다. 아니 어림이 없었다.

아들과 딸에게, 가까운 친척들에게 옮길 집의 보증금을 조금씩 부탁해서 가장 적은 비용으로 이사를 가기로 하고, 또 다시 적당한 집을 찾으러 며칠간 보러 다녔고, 또 어느 날은 열 곳의 집을 보러 다녔고, 어느 날은 일곱 군데, 그러던 중 천신만고 끝에 이사 갈 월세 집을 구했다. 내가 할 일은 이제 살고 있는 집의 짐들을 정리하고 이사 갈 준비를 하는 것이었다. 모든 장롱, 장식장, 액자, 시계 등은 폐기물로 내놓았고 그 밖에도 부피가 크거나 이사 가는 집에 맞추어서 크기가 안 맞으면 모두 폐기했다. 전기 제품들은 무료 수거를 해주는 곳에 연락을 했고 가급적 처리 비용이 안 드는 방법을 택해서 모든 것을 정리를 했다. 정리를 하고 보니 살고 있는 집의 짐의 2/3 이상은 버려야만 했다.

또 문제가 생겼다. 이사 갈 집이 너무 좁고 방이 여유가 없어 같이 살던 딸하고 같이 갈 수가 없었다. 못난 아빠의 잘못으로 사랑하는 딸과 한집에 살지 못하고 집 밖으로 쫓아내야 하는 상황에 부딪히니 정말 난감하기도 하고 미안한 생각에 얼굴을 제대로 들 수가 없었다. 어려서부터 귀여운 짓과 예쁜 짓을 많이 해서 아빠와 엄마로부터 많은 사랑을 받은 딸이었기에 애틋한 마음은 더욱 이루 말할 수가 없었고, 어려서 유치원에서 공부하던 모습과 당차게 웅변 대회에서 웅변을 하던 모습, 친구들이랑 집에서 생일 잔치를 하면서 기뻐하며 뛰어놀던 모습이 떠올라 더욱 미안한 마음이 내 몸 가득히 채워졌다.

아내와 딸하고 상의를 하여도 뾰족한 수가 나오지는 않았지만, 딸이 친구 집에 전화를 여기저기 하고 여러 차례 확인을 하여 승낙을 받은 친구 집으로 옮기기로 하였다. 딸은 친구 집에서 당분간 지내기로 하면서 우리 집안은 가족 생이별을 하게 되어 텔레비전이나 신문기사에서나 보고 읽었던 그야말로 눈물 어린 이산가족이 되어버렸다. 여유로운 사정이 되어 새로운 보금자리를 만들어 가족이 다시 만날 수 있는 가족 상봉의 날이 언제쯤 이루어질지 그것도 문제였다.

가족의 소중함과 중요성을 알고 있었지만, 지금처럼 절실하게 마음에 울림을 주는 순간은 처음이었다. H. G. 웰스가 "가정이야말로 고달픈 인생의 안식처요, 모든 싸움이 자취를 감추고 사랑이 싹트는 곳이요, 큰 사람이 작아지고 작은 사람이 커지는 곳이다."라고 말했던 이유를 알 것만 같았다. 가족에 대한 따뜻한 마음이 고스란히 전해지도록 충분한 노력도 아직 필요하고, 앞으로 더 가족들을 위한 보호막이 되어야 하는데, 아무런 역할도 못하고, 아무런 일도 할 수 없고 아무런 도움도 줄 수 없는 무능력한 사람이 되니 절로 한숨과 한탄만 연시 나왔다.

이삿날이 내일로 잡혔다. 나는 그래도 다시 이삿짐을 확인하여 불필요하거나 바로 쓰지 않는 물건들을 이사 가는 날 당일 새벽 4시까지 쓰레기장까지 수십 번을 왔다 갔다 하면서 버렸다. 집에서 나와 엘리베이터를 타고 계단을 내리고 오르고 하기를 수백 번, 나는 나 자신의 못난 행위와 지금의 문제를 자초한 나에게 화도 났고, 그러면서 눈물도 자연스레 눈가에 흘러나왔다. 그래 "자업자득이야" 하면서 무거운 발걸음을 수없이 옮겼다, 얼마나 날랐던가 나의 아파트 동 쓰레기장은 완전히 찼고, 그래서 나는 옆 동 아파트 쓰레기 처리장에 여유가 있는 곳을 여러 군데 찾아다니며 어둠을 헤치며 다 분리수거해서 처리했다.

　어둠을 타고 오르듯이 새벽은 밝아오고 있었다. 마치 여명의 눈동자처럼. 날씨는 쌀쌀해졌고 이제 밖은 서서히 밝아지고 있었다. 이삿짐센터 직원들이 들어오고 사다리차가 설치되고, 모터 굉음 소리가 시끄럽게 났고, 이삿짐을 포장할 많은 상자들과 박스들이 쌓이고 물건을 하나하나 상자에 넣고 마친 후에 테이프로 상자를 테이핑하는 소리가 여기저기에서 났고, 어수선하게 많은 사람들이 이리저리 왔다 갔다 이동하면서 이삿짐을 싸고 있다. 또 그 와중에서도 버릴 물건들이 나왔다. "그래 버릴 것은 버려야지, 가야 넣어 둘 장소도 없는데" 자조 섞인 목소리로 나는 혼잣말로 구시렁거렸다. 어느 정도 이삿짐을 포장하고 싸는 것을 확인한 후에 나는 법무사 직원과 함께 은행에 가서 대출금 내용을 확인하면서 담당자와 일일이 맞추어 본 후 완전히 처리하고 근저당 해제를 한 후 명의 이전을 위해 등기소에 갔다.

　은행 업무를 마치고 오니 짐이 다 정리되어 이사 갈 집으로 옮겨지고 있고 해서, 나도 새로 이사 갈 집으로 향하려 아파트 밑으로 내려오니 많은 아파트 주민들이 삼삼오오 모여 "잘 가라며, 섭섭하다고 하면서" 인사하고, 일부 사정을 모르는 주민들은 "새 집에 가서 돈 많이 벌으라"고 인사말을 건네주었다. 이 아파트에서 산 지가 거의 18년째 접어들어 정이 들만큼 들었는데 나도 서운한 마음과 안타까운 마음이 교차를 했고 어금니를 꽉 한 번 깨물면서 차에 올라 새로 이사 갈 집으로 방향을 틀었다. 새로 살 집에 도착을 하여, 이삿짐센터에서 이삿짐을 풀려고 하니 문제가 생겼다. 짐을 줄이고 또 줄이고 왔는데도 짐을 풀 수 있는 공간이 없게 되어, 이삿짐센터 담당자는 장소가 너무 협소해서 정상적으로 정리가 불가능하다고 하며 거실에 짐을 몽땅 다 부어 놓고 떠났다. 그냥 나와 아내는 황당감 그 자체였다. 나도 아내도 두 사람이 움직일 수 있는 공간이 전혀 없었다. 평생 이러한 공간에 있어 본 적이 없었다. 또 쌓여있는 짐을 다시 분리해서 버리기 시작했다. 분리수거할 것과 폐기물로 버려야 할 것들을 나누는 데만도 많은 시간이 소요되었고, 아마 마지막으로 정리하는 데도 며칠이 걸렸다. 정리를 하니 침대 하나 꽉 차게 들어갈 장소밖에 안 나오고, 그야말로 방은 두 사람이 잠만 잘 수 있는 공간밖에 없었다.

정신이 멍한 상태가 한동안 계속되었다. 몸에 힘은 빠지고 밥은 입에 들어가지가 않고, 눈은 십 리나 들어갔고, 그런데도 살기 위하여 앞으로 살아갈 방도에 대하여 아내와 상의를 하여도 뾰족한 수가 없었다. 당장 먹을 것도 없고 시급히 사용할 돈도 없고 하여, 믿을 데가 가족밖에 없어 급히 부탁을 하면서 SOS를 쳐서 얼마간의 돈을 받아 급히 식재료와 공과금 등 필요한 곳에 돈을 지출하였다.

정말로 한 푼 없는 빈털터리 신세가 되어버렸다. '정말 나에게 삶의 가치가 남아 있고 삶의 의미는 있는 것일까?', '나는 무엇을 위해서 존재하여야 하고, 왜 살아야 하는가?', '나에게는 희망이라는 단어는 있기야 있는 걸까?'하는 생각들로 머리가 꽉 채워져 아무것도 생각이 나지 않았고, 아니 아무런 생각을 하지 않으려 했다. 이런저런 생각에 뒤척거리면서 나는 밤이 되어도 쉽사리 잠에 들 수가 없었다.

또 새로운 날이 밝았다. 나에게 몰아친 생각은 "내가 살아낼 수 있을까?"였다. 또 상념에 빠졌다. "나의 미래는? 나에게 희망은? 나의 삶은?" 나 자신에게 다시 한번 물어보는 것이었다. 그러한 가운데 헤르만 헤세의 "신이 우리들에게 절망을 보내는 것은 우리들을 죽이려는 게 아니라, 우리들 가운데 새로운 생명을 불러일으키기 위해서다"라는 말에 완전히 빈털터리가 되어 경제적 식물인간이 된 내가 다시 살아날 수 있는지에 대한 한 가닥의 희망을 걸고 견뎌 보기로 했다.

세상에서 가장 소중한 것들

완전히 빈털터리가 되어버린 나에게 아내와 아들, 며느리, 딸들의 사랑과 격려, 친구들의 지원과 응원이 없었으면 나는 단 한시도 버티지 못하고 쓰러지고 말았을 것이다. 큰 도움과 용기를 준 고등학교 모임인 "서동회" 친구인 권택우, 김원배, 이원부, 전재석, 정성수, 최병문, 최현, 하채영, 황준식에게 고맙다는 말을 전하고 싶다. 이러한 어려움과 고통이 나에게 다시 한번 가장 소중한 것들이 무엇인지 생각하게 만들었고 소중함의 의미를 뼈저리게 느끼게 만드는 계기가 되었다.

오래전부터 아니 정확히 40여 년간 직장 생활과 사업을 하면서 오로지 일만 생각하면서, 올림픽 경기에 출전해 금메달을 따려는 선수처럼 새벽이면 일찍 나가서 밤늦게 들어오기를 다반사처럼 해오고, 공휴일도 없이 일만 매진하던 내가, 가족들을 위하여 최선을 다하고 있고, 가족 때문에 이 고생을 하고 있다고 이야기하곤 했던 내가 부끄럽게 느껴지게 되었고, 소중한 가족과 가정을 위해서 무엇을 했나 돌이켜 보는 시간을 가지면서 소중한 것에 대하여 생각을 해 볼 수 있는 순간이 되었다. 60대가 되어 버린 이때 처량한 나의 처지와 앞으로의 나의 인생 행로에 대하여 생각해 보니, 김광석이 부른 '어느 60대 노부부 이야기'가 나의 마음을 흔들었다.

<어느 60대 노부부 이야기>

곱고 희던 그 손으로 넥타이를 매어주던 때
어렴풋이 생각나오 여보 그때를 기억하오
막내아들 대학 시험 뜬눈으로 지내던 밤을
어렴풋이 생각나오 여보 그때를 기억하오
세월은 그렇게 흘러 여기까지 왔는데
인생은 그렇게 흘러 황혼에 기우는데
큰딸아이 결혼식 날 흘리던 눈물방울이
이제는 모두 말라 여보 그 눈물을 기억하오
세월이 흘러감에 흰머리가 늘어가네
모두 다 떠난다고 여보 내손을 꼭 잡았소
세월은 그렇게 흘러 여기까지 왔는데
인생은 그렇게 흘러 황혼에 기우는데
다시 못 올 그 먼 길을

어찌 혼자 가려 하오
여기 날 홀로 두고 여보 왜 한마디 말이 없소
여보 안녕히 잘 가시게….

암만 생각해도 세상에서 가장 소중한 것은 사랑이었다. 부부간의 사랑, 부모 자식 간의 사랑, 연인들의 사랑, 그 이유는 사랑이 없는 곳에는 행복과 웃음이 없기 때문이라고 생각들었다. 『한 번뿐인 인생은 어떻게 살아야 하는가(박찬위 지음)』에서 말한 "힘들 때는 울어버리기도 하고 불안정할 때는 기대기도 하면서 가끔은 연약한 본모습을 보여도 좋다. 당신 곁에는 당신이, 그리고 당신을 사랑하는 사람들이 있다." 나에게 꼭 해당이 되는 글이었다.

또 다른 소중한 것은 바로 '나 자신', 이 세상에 하나밖에 없고 유일무이하게 존재하는 나 자신이라고 생각이 들었다. 세상에 내가 있음으로 존재하는 것이 아니겠는가? 나 자신을 바로 볼 수 있고, 사랑할 수 있을 때 세상 모든 것들이 존재하기 때문은 아닐까?

이 어려운 하루하루를 견디며 살아가고 있는 나, 이것은 기적과도 같은 일이 아닌가? 오늘부터 나를 격려해 주고, 나를 사랑해 주고 "오늘 하루도 수고 많았고" 하면서 나에게 위로의 말을 한마디 해 주고 싶다.

지금부터라도 늦지 않았다. 내가 소중하게 생각하는 것들을 지키고 사랑스럽게 만들어야겠다. 말 한마디라도, 행동 하나라도, 성의 있게 정성을 다해서 대응해야겠다고 생각했다. 마더 테레사의 "세상에 행복을 가져다주고 싶다면 집으로 돌아가 가족을 사랑하라."는 말이 실감 나는 순간이었다.

어려운 상황이 계속 발생하고, 몸과 마음은 피폐해지고 절망 속에 빠져 있지만 가족들의 소중한 사랑과 믿음을 지켜나가야겠다고 굳게 다짐하면서 하루하루를 보내기로 굳은 결심을 하였다.

2장

희망은 정녕 나에게 오지 않는가?

끊임없는 기도와 반성

새로운 곳으로 이사를 온 나는 몇 개월 동안 이발도 안 하여 머리가 산발이 되고, 갖은 고초와 어려움을 겪어 머리숱이 다 달아나 머리가 휑하니 보일 정도였고, 수염은 잘 자라지도 않는데도 수염이 덥수룩하게 되었고, 얼굴은 수심이 가득 차 혼자만의 시간만 갖고 아내와의 대화도 거의 없고, 혓바늘이 생겨 말을 하지 못할 정도가 되었다. 바람만 불어도 픽하고 쓰러질 그럴 정도로 사람의 몰골이 아닐 정도로 변해버렸다. 거울을 보는 것조차도 사치스러운 일이 되어 거의 안 보고 살아 온 지도 몇 개월이 되었다.

모든 것이 무기력해지고 남 앞에 서는 것이 마치 죄인인 양, 외출하는 것도 거의 하지 못했다. 자격지심인지는 모르지만 "쫄딱 망하고 온 사람이라는 말도 듣기 싫었고, 아니면 남의 입방아에 오르는 것도 부담스러웠는지도 모르겠다." 눈이 깨어 있으면 계속 누워있고, 눈을 감으면 잠이 든 것이고. 아무런 삶의 의욕도 계획도 없었다.

무언가 새로운 전기가 필요했고 해결책이 필요했다. 언제까지 이렇게 죽은 듯이 살아가야 하는 것인지, 아니 이런 나에게 삶의 의미가 있는 것인지 생각이 들었다. 결혼 후 가톨릭 신자가 된 나는 오랫동안 신앙생활을 하였지만, 마음속으로부터 믿음이 우러 나오는 것이 아니었다. 정작 믿음이 필요할 때는 아무 미동도 없는 석탑처럼 조용해져 있었다. 어느 날 성경을 넘기다 마태복음 7장 7절의 "청하여라, 너희에게 주실 것이다. 찾아라, 너희가 얻을 것이다. 문을 두드려라, 너희에게 열릴 것이다."라는 구절이 무덤덤했던 나의 마음을 움직였다. "그래 매달려야 해"하면서 기도하러 갈 곳을 알아 보았고, 그래서 아는 사람이 덜하고 남의 이목이 없는 곳인, 집에서 가까이에 있는 남양성지에 가서 미사에 참석하고, 기도도 드리고, 묵주기도도 하고, 묵상을 하면서 셀 수 없는 많은 시간을 보냈다.

그러던 가운데 일부 임금 미지급으로 고용노동부에 진정이 된 건이 검찰 송치가 되어 재판을 받아야 한다고 통지가 왔다. 나는 경제적 능력이 전혀 없어서 아는 지인이 국선 변호사 선임 신청을 하라고 해서, 법원에 가서 국선 변호사를

선임을 해서 재판에 임했는데, 60평생 한 번도 안 가본 법정
은 나에게 두려움과 더불어 공포감으로 다가왔다. 모든 재산
을 다 부어 회사를 운영해 왔고, 직원들의 복지와 대우를 위
해서 최선을 다해왔지만, 땡전 한 푼 없이 된 지금 나는 회사
경영을 잘못한 경영자로서 벌을 받고 있다고 생각하니 눈시
울이 붉어졌다.

　며칠이 지나자 채권자들로부터 법인 대표자로서 대출금에
대하여 연대 보증을 선 여러 금융기관으로부터 십수억 원의
금액이 개인 채무로 되어 있으니 갚으라는 민사 소송이 줄을
이었다.

　정말 설상가상이었다. 지인에게 물어보니 개인 파산 변호
사를 찾아가 상담해 보라 하여 방문하여 상담을 해 보니, 파
산 처리에 또 변호사 비용이 드는 것이, 돈 한 푼 없는 나에
게는 큰 낭패였다. 집에 와서 아내와 상의를 해 보니 뾰족한
수가 없어 염치없지만 아들에게 부탁을 할 수 밖에 없었다.
변호사가 요청하는 5년간의 금융 거래 내역을 포함하여 수
십 가지의 자료를 백방으로 돌아다니며 챙기는 것도 쉬운 일
이 아니었다.

　정말 사는 것이 사는 것이 아니었다. 일주일 내내 여기저

기로 왔다 갔다 하면서 형사 재판과 민사 재판을 준비하고 대응을 하려 하니 불현듯 자괴감이 몰려왔고 무력감에 빠졌다. 하루아침에 해결되거나 끝날 일이 아니었다. 더욱이 코로나 사태로 인해서 재판 일정이 지연되었기 때문이었다.

집에 돌아와 나는 곰곰이 생각에 빠졌다. 먼저 나는 『올바른 리더의 조건(송경근 지음)』에서 말하는

첫째, 올바른 리더는 인간을 존중한다.

둘째, 올바른 리더는 사고를 한다.

셋째, 올바른 리더는 자신의 일을 안다.

넷째, 올바른 리더는 책임감이 있다.

마지막으로 올바른 리더는 신뢰를 확보한다.

위의 리더의 조건을 제대로 챙기지 못해서 정말 망한 것인가? 나는 우울한 마음을 안고 안 오는 잠을 청해 보았지만

여전히 쉽게 잠을 들 수가 없었다.

이러한 사업 실패에 대하여 곰곰이 생각을 해보니 여러 가지 생각이 꼬리에 꼬리를 물었다. 무엇부터 잘못됐을까? 아내의 말을 듣지 않고 사업을 시작한 것, 아니면 초기에 너무 무리한 투자를 해서 그런 것일까? 너무 많은 개발품 개발을 시도해서 그런 것일까? 좀 더 냉정하게 경영을 안 해서, 허리를 졸라매지 않아서 그런 것일까? 좀 더 빠른 포기를 안 해서 그런 것일까? 그런 가정과 이유가 무엇이 필요할까. 중요한 것은 결과야 결과. 그래 회사 대표가 모든 것에 대하여 책임을 져야 하는 것이야, 잘못됐거나 잘됐거나 할 것 없이.

그러한 반성의 시간을 가지면서 월마트 창업자인 샘 월튼이 자서전을 통하여 제시한 성공적인 기업경영을 위해 제시한 10가지 법칙을 미리 익혔으면 어찌되었을까 하는 생각해 본다.

샘 월튼의 기업 경영 10가지 법칙

제1법칙: 자신의 사업에 전념하라
누구보다도 자신의 사업이 옳다고 믿어라. 그리고 자신의 일을 사랑한다면, 매일매일 할 수 있는 한 최선을 다하려고 노력해야 할 것이다.

제2법칙: 이익을 모든 동료들과 공유하고 그들을 대우하라
동반 체제 속에서 '섬기는 리더'로 행동하라. 동료들로 하여금 회사와 경제적 이해관계를 갖도록 장려하라.

제3법칙: 동반자들에게 동기를 부여하라
돈과 주인의식만으로는 안 된다. 높은 목표를 설정하고 경쟁을 자극하며 그런 다음 득점을 기록하라. 그리고 막대한 보수를 내걸어라.

제4법칙: 모든 정보를 동반자들에게 전달하라
많은 것을 알면 알수록 그들은 많은 것을 이해할 수 있게 된다. 많은 것을 이해하면 할수록 그들은 더 많은 것을 염려하게 된다.

제5법칙: 동료들이 하는 모든 일에 감사하라
급여나 스톡옵션으로 충성심을 살 수는 있다. 하지만 사람들은 누군가를 위해 해준 일에 얼마나 감사하고 있는가를 듣고 싶어한다.

제6법칙: 자신의 성공을 축하하라

실패에서는 유머를 찾아라. 결코 자신을 지나치게 심각하게 만들지 말라. 긴장을 풀라. 그러면 주위의 사람들도 긴장을 풀게 될 것이다.

제7법칙: 회사 내의 모든 사람들 말에 귀를 기울여라

그들이 말하게 할 수 있는 방법들을 생각해 내라. 이들은 현장에서 일어나고 있는 일을 진정으로 잘 알고 있는 사람들이다.

제8법칙: 고객의 기대를 넘어서라

그들이 원하는 것을 줘라. 더 나아가 그 이상을 줘라. 그들에게 감사하고 있다는 것을 알게 하라. 모든 잘못에 대해서는 보상하라. 변명하지 마라.

제9법칙: 비용을 경쟁자보다 낮게 통제하라

기업을 경영하는 동안 여러 가지 실수를 할 것이다. 하지만 효율적인 경영을 한다면 그것들을 만회할 수 있다.

제10법칙: 흐름을 거슬러 올라가라

다른 길을 가라. 관습적인 지식들을 무시하라. 모든 사람이 어떤 한 가지 방식을 취하고 있다면, 그와 정반대의 방향으로 나아가라.

내가 최선을 다했다 하더라도, 나의 잘못된 사업 운영으로 사랑하는 가족들에게 상처와 어려움을 주고, 직원들과 협력 회사 사장님들에게 어려움과 피해를 주고, 친구와 지인들에게도 실망을 주어 정말로 송구스럽고 죄송스럽게 생각한다.

끊임없는 기도와 반성

경제적 식물인간으로 영원히 살아야 하는가

계속되는 재판으로 모든 일을 뒤로한 채 두 재판(형사재판, 민사재판)의 자료 준비에 바빴고, 기일이 잡히며 재판에 참석해야만 했다. 생활을 할 수 있도록 취업도 하고 돈도 벌어야 했으나 개인 파산 신청을 했기에 경제 활동을 하는 것은 물리적으로 어려웠다.

지금까지는 자식들이 보내주는 용돈으로 필수적인 생필품을 구입하여 끼니를 때우고는 있지만, 이것도 언제까지 가능할 것인지 확신이 서지 않았다.

또한 개인 파산 선고가 날 때까지는 어떠한 경제 활동도 할 수가 없게 되었고. 재판 선고가 코로나 사태로 계속 지연되고 있고 앞으로 몇 년이 걸릴지도 모를 상태에서 나의 불안감은 더욱 가중되어 갔다.

소위 19금으로 "불알 두 쪽밖에 안 남은 신세"가 되어버린 나에게 무엇을 해야 될지 아무런 목표도 없고, "희망"이라는 단어도 꺼내기 힘든 어려운 처지가 되어버렸다. 바로 이 상태를 "경제적 식물인간"이라 부르는가 보다. 살아 있어도 살아 있지 못하고 겨우 숨만 쉬는 정도로.

과연 언제까지 견뎌야 이 상태에서 벗어날 수가 있을까? 이러한 생각을 할 때마다 가슴이 답답해지고 머리는 깨지는 것 같았다. 회사가 문을 닫게 됨에 따라 나는 60평생 일구어 온 생활 터전을 잃어 버렸고, 나의 소중한 명예와 많은 지인들을 잃어버렸다, 아니 잃어버리기도 했지만 자연스럽게 내 곁을 떠나 버렸다. 순전히 맨 몸뚱아리밖에는 남은 것이 없게 되었다. 언제나 돈 쓸 데가 있으면 자식에게 손을 벌려야 했고, 친척에게 부탁을 해야만 하루하루 의식주가 해결되고 생활이 가능한 형편이 되었기에, 정말 비참하다면 비참한 꼴이 되어버렸다.

혹자는 나에게 "그렇게 바보처럼 한 푼도 안 남기고 뭐 했어?" 아니면 "정말 돈이 그렇게 없는거야?"라고 묻는 사람들이 있다. 정말 나는 바보 천치였나 보다. 회사가 잘 되기를 바라는 마음으로 가지고 있는 모든 돈을 탈탈 털어서 회사에 운영 자금으로 넣은 바보가 틀림없었나 보다. 그것은 회사가 끝까지 잘되어야 하고, 반드시 성공을 해야 한다는 일종의 맹신적인 나의 못된 성격 탓이었다.

나를 억누르고 있던 재판들도 빨리 끝나고 결과가 나오기를 고대했지마는 그와는 반대로 하루하루가 가는 것이 두렵고 무서웠다. 마치 "시간은 모든 것을 아주 서서히 파괴한다"라는 조제프 주베르 말처럼.

이 "경제적 식물인간" 상태에서 벗어나지 못한다면 '나는 어떻게 될 것인가? 나는 이 생활을 얼마 동안 더 해야만 되나? 나는 제대로 사회 활동을 할 수 있을까? 나는 사람 구실을 제대로 할 수 있을까?' 나는 또 끊임없는 공상과 질문으로 머릿속을 꽉 채웠다.

어쨌든 이 어려움을 빨리 극복하여 정상적인 생활을 할 수 있도록 하여야겠다는 것이 나의 바람이고 의지였다. 랜스 암스트롱의 "포기하지 마세요. 고통은 일시적이지만, 포기는 영원합니다."라는 말이 나의 가슴을 때리고 있었다. 절대로 포기해서는 안 된다고 다시 다짐을 한다. 포기하지 않고 도전해서 반드시 경제적 식물인간의 신분을 탈피해야 한다고 크게 외쳐 본다.

어머니의 기도를 생각하다

　　나에게 어머니의 존재는 어머니 이상의 정신적 지주였다. 60년도 더 된 기억이 떠오른다. 엄마의 등에 업혀 있던 어린 아기 시절에 국화빵 장사로부터 국화빵을 사주시던 어머니의 얼굴이 아직도 생생히 기억이 나는 것은 무슨 연유일까. 또한 어린 시절에 남의 집에 얹혀살 때 주인집 아들과 싸움을 해서 몇 대 때려 문제가 된 때에도 나의 손을 잡으며 싸우면 안 된다고 조용히 타이르시던 어머니의 얼굴이 생각이 나고, 책 값이 없다고 하면 몰래 돈을 집어주시던 어머니, 또 가정의 안녕을 위해서 대접에 냉수를 담아 기도를 하시던 어머니, 어느날 대학입시를 앞두고 어머니는 나를 어딘가를 끌고 가셨다. 지금 와 생각하니 인왕산 꼭대기까지 숨이 차도록 한참 올라가보니 기도하는 곳, 큰 바위 앞이었다. 그곳에서 기도해서 많은 사람들이 합격을 했다고 하여 지성을 드리기 위해서 방문을 했다. 바로 자식이 잘되기 위해 바치는 끊임없는 어머니의 기도와 사랑이었다. 그 이유가 아리스토텔레스의 "어머니가 아버지보다 자식을 더 사랑하는 이유는 아이가 자기 자식임을 더 확신하기 때문이다."라는 말을 증명하는 것 같다.

　대학교 입시를 보러 가려고 집을 나서려 하니 어머니가 나를 부르시더니 "아들아, 오늘 시험 걱정하지 말아라. 무조건 붙었어." 왜냐하면 아들이 큰 회사의 공장장이 되어 커다란 공장의 아주 큰 문을 힘껏 열면서 공장 안으로 들어가는 꿈을 꾸었다고 하셨다. 어머니의 말씀대로 나는 기계과를 응시하였는데 합격을 하였다. 어머니는 늘 이처럼 나에게 자신감과 용기를 불어넣어 주셨다.

　어머니는 나에게 태몽 이야기를 자주 하셨다. 나는 어려울 때마다 회사가 힘들 때에도 어머니에게 묻곤 했다. "엄마, 나 잘될 수 있는거지?" 그때마다 어머니는 '아들, 너는 잘될 거야. 엄마가 정말 좋은 태몽을 꾸었거든, 내가 아주 크고 높은 산꼭대기에 갔는데 넓은 들판이 있었어, 거기에서 커다란 엄청난 것을 많이 뽑았어"하시면서 늘 나에게 희망과 꿈을 잃지 않도록 격려해 주셨다.

　어머니 평생의 삶을 돌이켜 보면, 어머니는 5남 1녀 선비 집안의 외동딸로 태어나 중매로 깡촌인 시골로 시집을 와서 넉넉하지 않은 살림의 장남의 맏며느리가 되었다. 할아버지는 아버지가 12살 때 돌아가셔서 아버지가 집안 살림을 책임지어야 했고, 시어머니의 시집살이는 정말 오랜 기간 동안 계속되어서 상당히 고된 시집 생활을 하셨다. 없는 살림에 부지런하게 돈을 절약하여 10평 정도의 조그만한 집을 마련하시고 기뻐하시던 모습이 생생하다. 어머니의 악착같은 살림살이 덕분에 학교 공부를 무사히 마칠 수 있었다. 정말 감사하게 생각한다. 어머니는 부드러우셨지만 강단도 계셨고 일처리가 맺고 끊음이 분명하셨다.

내가 생활 속에 어려움을 겪거나, 학교에서 공부를 할 때나, 사회생활에서 걱정스러운 일이 발생해서 나 혼자 해결하지 못할 때는, 늘 나는 어머니의 기도와 자식에 대한 어머니의 믿음을 생각하며 참고 견디곤 했다. 정말 어머니의 사랑은 텐바 죠르단Tenneva Jordan의 "어머니의 사랑은 하늘과 같아서, 끝없이 넓고 깊습니다."라는 말이 실감 났다.

어머니가 세상을 떠나신 지도 벌써 10년이 되었지만 아직도 내가 태어나서부터 인지하는 어머니에 대한 기억은 거의 60년 이상 하나도 변하지 않았다. 인자하시고 사랑스러우시며 자식에 대한 무조건적인 사랑은 언제나 똑같았기 때문이다. 돌아가신 후에도 집에서 가까운 추모관에 모시어져 있어 생각이 날 때마다 추모관에 가서 찾아뵙고 기도를 드리곤 한다.

내가 죽을 만치 어렵고 고통스러운 날들이 계속되어도 어머니를 생각하면 나는 용기를 얻고, 희망을 가지고 앞을 향해 나갈 수밖에 없었다. 나는 조용히 〈어머니 은혜〉를 소리 높여 불러 본다. "높고 높은 하늘이라 말들 하지만 나는 나는 높은 게 또 하나 있지 낳으시고 키우시는 어머니 은혜 푸른 하늘 그보다도 높은 것 같애"

어머니의 기도 (이선옥 아녜스 작품)

나는 다시 한번 어머니의 사랑에 감사드리며, 이 자식이 어머니 바람대로 많은 사람들을 위하여 마지막까지 좋은 일을 할 수 있도록 하늘나라에서 도와달라고 기도를 청하여 본다.

죽음의 문턱을 넘나들다

죽음의 문턱인 계곡과 물

　계속되는 민.형사 재판 속에서 60평생 한 번도 느껴보지 못했던 불안함과 두려움, 그리고 채권자들로부터 계속되는 빚 독촉은 나로 하여금 더 이상 이 세상에서 발을 못 붙이게 하였고, 어쩔 줄 모르고 정신 줄을 놓은 사람처럼 행동하게 만들었다. 아무 일도 할 수 없는 무력감 속에서 눈을 감으나 뜨나 과연 이 상황을 어떻게 헤쳐 나갈까만 생각하다 보니 항상 시름에 젖었고 잠을 자는 것도 어려웠지만 더욱 아침에 눈을 뜨는 것이 두려워져 눈을 뜨고 싶지 않았다. "어떻게 하지!" 아니면 "이 문제들을 해결할 방법은 있을까?" 하는 생각들이 머릿속에서 뱅글뱅글 돌면서 나를 옥죄고 있었다.

수십억을 투자하여 모든 것을 다 날리고, 한 채 남은 아내의 명의의 집조차 대출 보증으로 은행에 잡혀있었고, 십수억 원은 법인 대표인 관계로 연대보증을 해서 개인 채무로 넘어온 지금, 또한 매일 매일 은행으로부터 집을 경매에 넘기겠다고 전화로 협박 아닌 협박으로 하는 말들이 나의 귀를 어지럽혔다. 나는 은행을 찾아가 조금만 더 기다려달라고 눈물로 호소를 하면서 때로는 떼를 쓰면서 부탁을 했다. 그러나 집은 많은 대출금액으로 인하여 번번히 매매 계약이 체결이 안 되어 나를 초조하게 이끌었다. 매매가 되면 단돈 얼마라도 챙겨서 월세라도 옮겨 가겠다는 내 생각이 어그러지면서 나를 죄의식 속으로 빠트리며 더욱 나를 힘들게 만들었다. 경매에 넘기면 단돈 몇만 원은 남을까? 그 후에 나의 미래에 대한 처참한 생각으로 나를 더욱더 공포감에 몰아넣었다. 단돈 몇십만 원의 월세도 갈 수 없는 신세가 되어 버린 현재의 나.

최후의 수단으로 "그래 방법이 없어" "내가 죽어서 사망 보험금으로 얼마라도 나오면, 남아있는 식구들이 생활이라도 간신히 할 수 있고, 당분간 몸 추릴 곳을 찾을 수 있을 것이고, 월세이지만 조그만 방으로 이사를 갈 수 있을 거야." 하면서 머릿속에 담아 두었던 최후의 비책을 꺼내어 비장한 각오를 내비치며 실천에 옮기려고 했다.

그리하여 결심을 굳히고 예전에 여행을 갔던 설악산 미시령 고개를 떠올려, 현지를 방문하여 죽을 수 있는 장소를 물색하고 그럴싸한 시나리오를 짜기 시작했다. 내려오는 굽이굽이 굽어진 코너 길에서 사고를 위장하여 빠른 속도를 내어 난간을 박고 벼랑 밑으로 떨어지면 그래도 자살이 아닌 사고사가 되겠지, 아니 "그러기보다는 다리에서 죽는 것이 더 빠르게, 확실히 죽을 수도 있겠어" 하면서 인천 대교를 수없이 가서 내려 장소를 찾고, 눈물을 흘리면서 난간을 잡고 올라가기를 여러 번, 그때마다 머릿속에 나를 사랑으로 기르시고 돌보아 주신 돌아가신 어머니와 사랑하는 아내, 아들, 딸 등 가족들의 얼굴이 떠오르고 지나간 여러 가지 기억들이 스쳐지나갔다. 또한 "재산을 다 잃는 것은 용서할 수 있으나 목숨을 버리는 것은 절대로 용서할 수 없다"는 아내의 처절한 말이 가슴을 때려 마지막에 행동에 옮길 수가 없었다.

『너만의 명작을 그려라』를 지은 마이클 린버린의 말이 생각났다. "우리에게 정말 중요한 시간은 이미 지나가 버린 과거의 시간들이 아니라, 지금 우리가 살아가고 있는 현재의 시간과 앞으로 다가올 미래의 시간들이라는 것"을 다시 곰곰이 생각하면서 '죽는 것이 다는 아니고, 해답이 아닐 거야' '새로운 길을 찾으면 또 찾을 수 있을 거야'라고 자위하면서 나 자신을 다독거리면서 삶의 세계로 발걸음을 돌렸다.

또 고민에 빠져버렸다. 나에게 불어닥친 이 어려움에 그냥 항복을 하고 "나! 더 이상 어떻게 할 도리가 없어요?" 크게 외치며 남의 시선을 의식하지 않으며 죽은 듯 살아가야 하는 것인지 아니면 티끌만 한 희망이라도 찾아내 다시 험난한 인생을 헤쳐 나가야 하는 것인지, 또 수많은 고민과 생각의 늪에 빠져 시간을 보냈다.

그러다가도 "아냐 아무리 생각해도 내가 할 수 있는 일이 없어". "나에게는 희망이 없어"
다시 절망의 세계로 빠져들어 갔다. 그러한 때에 나에게 이케다 다이사쿠의 희망의 문귀가 다가왔다. "모든 것을 잃었다고 해도 희망만 남아 있다면, 거기에서 모든 것을 다시 시작할 수 있다. 희망은 항상 출발이자 영원한 시작이다."라는 말이다.

아무리 발버둥쳐도 현실은 끝없는 절망뿐이고 고통이 나

를 에워싸고 있지만 나를 위로해 주고 희망을 주는 말이 있었다. 랜터 윌슨 스미스의 "슬픔이 그대의 삶으로 밀려와 마음을 흔들고 소중한 것을 쓸어가 버릴 때면 그대 가슴에 대고 말하라. 이것 또한 지나가리라."라고, 어느 날 다윗 왕이 궁중 세공인에게 "나를 위한 아름다운 반지를 하나 만들어라. 그 반지에는 내가 큰 승리를 거두어 기쁨을 억제할 수 없을 때, 그것을 차분하게 다스릴 수 있는 글귀가 새겨져야 한다. 또한 내가 큰 절망에 빠졌을 때는 용기를 줄 수 있는 내용이어야 한다."라고 명령을 내렸다. 이에 궁중 세공인은 솔로몬 왕자를 찾아가 어떻게 다윗 왕의 마음을 다스릴 수 있는 글귀를 만들 수 있는지 부탁을 합니다. 그러자 솔로몬은 "이것 또한 지나가리라"라는 글귀를 넣으라고 한다. 아무리 힘든 일이 닥치고 힘든 순간이 올지라도, 주체할 수 없는 환희의 순간이 올지라도 모든 일은 다 지나가기 마련이다. "살아 있으면 희망도 온다"라고 기원을 해 본다.

나는 다시 "희망"이라는 단어를 떠올리면서 희망을 찾기 시작했다. 아니 희망이라는 단어를 다시 수천 번 빈 종이에 써 내려갔다. 그러한 "희망"이란 단어가 그때부터 나의 가슴속에 물방울이 떨어지듯이 나의 마음속에 한 방울 한 방울 채워지기 시작했다.

희망은 나에게 언제 오려나

죽음의 문턱에서 겨우 올라와 희망의 희미한 줄을 잡기로 하고 일상의 생활로 돌아왔지만, 자고 일어나고 어떠한 목적 없이 멍하니 앞만 보고 여러 상념에 빠져 있는 것은 날마다 똑같았다.

조금 달라진 게 있다면 예전과 달리 꾸준하게 묵주 기도를 올리는 것이었다. 9일 기도를 시작하여 매일 매일 묵주 기도를 환희의 신비, 빛의 신비, 고통의 신비, 영광의 신비 순으로 바치고 그것을 청원 기도와 감사의 기도로 나누어 하니 27일씩 걸려 54일 기도가 되었다. 그나마도 기도하는 순간에는 집중과 묵상이 되어 다른 잡생각은 들지 않았다.

지나간 일을 돌이켜 생각하니 내가 잘한 것은 하나도 없었다. 다만 열심히 산 것 뿐이었다. 학창 시절부터 부지런하게 움직이고 성실한 태도를 보이고, 대학교 시절부터는 가장 빨리 등교해서 맨 앞에 앉아서 수업을 듣고 공부하는 것이 습관이 되어, 직장 생활할 때도 아침 일찍 출근하여 하루 일과를 계획하고, 사무실 청소와 직원들과 체조로 힘찬 아침을 맞이한 것이 기억에 남는다.

이제는 일찍 출근할 곳도 없고 어디 가서 얼굴을 드러내고 할 일도 없어졌다. 내가 살아오면서 이처럼 비참하고 비탄에 빠져 본 적이 있었던가? 더욱이 답답한 것은 앞으로 일어날 상황에 대하여 아무런 예측도 못 한다는 것이었다. 지금보다 더 한 쓰라린 아픔과 고통이 더 있을까도 생각해 보았지만 아무 일도 할 수 없는 무기력한 나 자신을 발견하는 데는 오랜 시간이 걸리지 않았다.

희망! 내가 학창 시절부터 어려운 일이 있을 때 나 소원이 필요할 때 나는 이층 옥상에 올라가 하늘을 보면서 경건하게 기도를 드리고, 원하는 것들이 이루어 지기를 간절히 기도했다. 신기하게도 그렇게 기도를 드리면 거짓말처럼 모든 것이 다 해결되고 이루어졌다.

나에게는 오지 않고, 없을 것만 같은 희망도 이제 나의 진실한 기도를 통하여 나에게 오게 하는 마법이 필요한 것 같다.

그 마법은 바로 나에게 주어진 현실을 숨김없이 받아들이고 할 수 있는 일에 대하여 최선을 다하고 한 걸음 한 걸음 나아가는 것이다.

대학 재학 시절 부총장이셨던 이원설 총장의 "이제 나는, 자신을 통해 세상을 보기보다 내가 만들어 놓은 세상을 통해 거꾸로 나 자신을 비추어 보는 나이가 되었다. 다시 말해, 세상을 통해 희망을 얻고자 하기보다 내 스스로 '희망'이 되어 다른 사람들에게 용기를 주어야 할 때"라는 말이 내가 희망을 기다리기 보다 희망을 만들어야 한다는 당위성을 일깨워 주었다.

맞어! 이 세상에 고통 없는 삶이 있을까? 고통이 있지만, 고통을 이겨내고 성공을 성취하고 희망을 또 만들어 가는 거지. 세상에는 다양한 어려움과 고통을 극복하고 성공한 사람들이 많이 있다. 그중에서도 손목 아래까지 불구의 몸이 되어 어둠 속에 갇혀 있었던 소녀 헬렌 켈러로 앤 설리반 가정교사와 함께 노력하여 어둠과 침묵을 극복하고 비장애인도 힘들다는 미국 래드클리프에서 학사 학위를 받고, 작가, 연설가. 여성인권운동가, 사회활동가 등으로 성공적인 삶을 살아가면서 대통령 자유 메달과 수 많은 명예 학위를 받았고 우리에게 용기와 희망을 주었다.

희망(이선옥 아네스 작품)

　또한 애플사의 창업자인 스티브 잡스는 고등학교 졸업 후, 리드칼리지 대학에서 의학 및 문학을 공부하기 위해 입학했지만 자퇴하여 대학교육을 받지 않은 그가 사업가로 성공한 대표적인 인물이다. 그가 어려움과 실패를 많이 겪었지만, 인생의 동력은 "기억해야 할 것은 모든 것들이 다 연결되어 있다는 것"이라는 자신만의 독특한 철학과 비전으로 극복하고 최고의 기술 제품인 아이맥, 아이팟, 아이폰, 아이패드를 선보였고 애플사를 세계 최고의 IT기업으로 우뚝 올라서게 만들었다.

스티브 잡스가 스텐퍼드대학교 졸업식 연설(2005년)에서 "곧 죽게 된다는 생각은 인생에서 중요한 선택을 할 때마다 큰 도움이 된다. 사람들의 기대, 자존심, 실패에 대한 두려움 등 거의 모든 것들은 죽음 앞에서 무의미해지고 정말 중요한 것만 남기 때문이다. 죽을 것이라는 사실을 기억한다면 무언가 잃을 게 있다는 생각의 함정을 피할 수 있다. 당신은 잃을 게 없으니 가슴이 시키는 대로 따르지 않을 이유도 없다"라는 말은 나에게 또 다른 희망이 되었다.

나도 나에게 주어진 고통과 어려움을 극복하고 나의 삶이 '희망'의 또 다른 이름으로 우리 모두에게 다가갈 수 있도록 맹렬히 도전해야 된다고 각오를 다진다.

사랑은 인간에게 놀라운 능력을 발휘하게 한다

희망을 떠올리며 새로운 내일을 만들겠다는 나의 계획도 계속되는 재판과 어려운 경제 상황으로 인하여 점점 힘을 잃어가고, 넋 나간 사람처럼 행동을 하고 마치 내일이 없는 사람처럼 다람쥐 쳇바퀴를 돌 듯이 살고 있었다. 또한 나의 죽음이 누구에게는 작은 도움이 되리라는 생각으로 무모하게 시도를 해 보았던 나로서는 하루하루를 버티는 것도 쉽지 않았다.

나의 행동이 심상치 않은 것을 눈치 챈 아내와 가족들은 "살아 있는 것만으로도 다행 아니냐" 하면서 나를 위로했고, 나의 말과 행동에 관심을 보이고 내가 마음의 상처를 받지 않도록 세심한 배려를 해 주었다. 나도 그러한 아내나 가족의 태도와 반응이 평소와 다르다는 것을 느낄 수 있었다. 이제는 내가 무언가 새로운 변화를 꾀하여만 했다. 그것이 나의 잘못된 실패로 많은 아픔을 준 가장으로서 최소한의 도리라고 생각했다. 바로 가족들의 사랑과 관심으로 다시 태어나기 시작한 것이다.

가족의 사랑이 없다면 나는 과연 어떻게 됐을까? 성경(코린토 1서 13장)에 나오는 사랑에 관한 구절이 내게 더 가족의 사랑을 실감하게 만들었다.

"내가 인간의 여러 언어와 천사의 언어로 말한다 하여도
나에게 사랑이 없으면
나는 요란한 징이나 소란한 꽹과리에 지나지 않습니다.
내가 예언하는 능력이 있고
모든 신비와 모든 지식을 깨닫고
산을 옮길 수 있는 큰 믿음이 있다 하여도
나에게 사랑이 없으면
나는 아무 것도 아닙니다.
내가 모든 재산을 나누어 주고
내 몸까지 자랑스레 넘겨 준다 하여도
나에게 사랑이 없으면
나에게는 아무 소용이 없습니다.

사랑은 참고 기다립니다.
사랑은 친절합니다.
사랑은 시기하지 않고
뽐내지 않으며

교만하지 않습니다.

사랑은 무례하지 않고

자기 이익을 추구하지 않으며

성을 내지 않고

앙심을 품지 않습니다.

사랑은 불의에 기뻐하지 않고

진실을 두고 함께 기뻐합니다.

사랑은 모든 것을 덮어 주고

모든 것을 믿으며

모든 것을 바라고

모든 것을 견디어 냅니다."

나는 가족의 사랑을 느끼며, 가족의 사랑을 먹으며 새로운 인간으로 변모하기 시작했고 의도적으로 나는 활기차게 말하기 시작했고, 행동도 조금은 민첩해지기 시작했다. 추운 겨울에서 봄으로 가는 신호인 듯 살얼음이 녹는 것처럼 나의 마음도 녹아지고 있었다.

심리학자 대리 벰(Daryl Bem)의 '자기 지각 이론'에 따르면 "사랑은 표현할 때 더 사랑하게 되고 따뜻한 말과 행동으로 사랑을 표현하면 상대방이 더욱 긍정적으로 보이고, 애정도 더욱 깊어지고, 서로 사랑한다는 표현을 아끼지 않는 가정이, 그렇지 않은 가정보다 행복하고 결속력이 강해지게 된다"라는 말이 바로 나에게 꼭 해당되는 것 같다. 바로 사랑은 나에게 놀라운 능력을 발휘하게 했다. 인생에 '사랑'이란 단어가 없으면 살아갈 수 없는 것처럼.

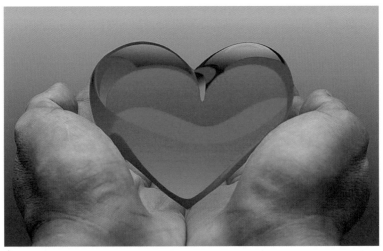
사랑은 인간에게 놀라운 능력을 발휘한다

3장

나는 절망에서 단련받고 희망이 나를 움직였다

감사하니 앞날이 보였다

아직도 재판은 진행 중이었고 경제적인 형편은, 내가 돈을 벌 수 있는 방법이 없으니 전혀 나아진 것은 없었다. 가족의 사랑과 이해 속에서 나는 차츰 정신적으로 안정을 찾아가기 시작했다. 이제는 앞으로 살아갈 인생에 대해서 심각하게 생각해야만 했다.

차분히 마음을 가라앉히고 생각을 해보니, 모든 것이 감사한 것 투성이었다. 돈은 다 잃어도 아직까지 살아 있는 사실에 감사했다. 어렵고 힘들어 고통스러울 때 나를 위로해준 사랑스러운 가족이 있어서 감사했다. 또한 경제적으로 힘들 때 도와 준 자식과 친척과 친구들이 있어 감사했다. 추가열의 '행복해요' 가사 중 "숨 쉴 수 있어서 바라볼 수 있어서 만질 수가 있어서 정말 행복해요. 말할 수도 있어서 들을 수도 있어서 사랑할 수 있어서 정말 행복해요"를 생각하며 감사한 생각만 들 뿐이었다.

모든 것을 포기하고 죽음을 선택하려 할 때, 다시 새로운 삶을 선택한 것도 감사했다. 처음 경험해 보는 법원 출입 및 재판 진행이 다 낯설고 힘이 들었는데도 잘 처리될 수 있도록 도움을 준 관계자가 있어 감사했다. 어찌할 수 없이 도피처가 필요할 때 머물 수 있도록 도와준 친척과 친구에게 감사했다. 극도로 공포스럽고 여태껏 겪지 못한 모욕과 고통을 잘 견디며 내 곁을 떠나지 않은 아내가 있어 감사하다. 못난 아버지이지만 그나마 잘 이해해 주고 많은 도움을 준 아들, 딸이 있어서 감사했다.

처음에는 캄캄한 칠흑 같은 어둠 속에 있어 한 치 앞도 바라볼 수 없던 곳에서 틈 사이로 빛이 들어오듯이 어떤 희망이 생겨 감사했다. 불안하고 한없이 공포스러운 마음의 상태도 이제는 익숙해져 비 온 뒤 땅이 굳어지듯이 조금은 단단해져 감에 감사했다. 오랜 동안 등 짐을 지듯 어깨가 무겁고 머리 속에 온갖 시름과 고통으로 가득 채워진 것들이 이제는 풍선 속 바람이 빠져나가듯 조금은 가벼워짐에 감사하다.

매일 뜬눈으로 밤을 지새우던 내가 그나마 새우잠이라도 간간이 잘 수 있음에 감사했다. 전혀 밥을 먹지 못하고 목에 넘기지도 못하던 내가 조금씩 조금씩 목에 넘김에 감사했다.

집 밖을 창피해서 못 나가던 내가 이웃을 만나 가벼운 인사말을 보내고 '안녕하세요'하고 말을 건넬 수 있음에 감사했다. 그리고 '인생 제2막'을 꿈꾸고 계획할 때 올바른 결정을 내릴 수 있도록 도와주신 주님의 은총에 감사했다. 14세기 도미니코회 형제 마이스터 엑카르트는 "내 유일한 기도는 '감사합니다'라고…. 그걸로 족하다."라고 말했듯이 감사가 절대적인 것 같다.

매사에 감사하는 마음을 가지고 살면 행복해진다는데 빈말이 아닌 것 같다. 내가 감사의 마음을 가지니, 많은 면에서 변화가 생기는 것 같았다. 감사의 과학적 근거로는 감사하면 '편도체가 안정되고 전전두피질이 활성화되며 회복탄력성이 생기고 사랑과 존중, 의사소통 능력이 향상된다"는데 정말 그런 것 같다.

감사하는 마음을 통해서 나는 오프라 윈프리의 "감사의 마음을 가지면 더 많은 것을 받게 된다"는 말을 믿고 싶다. 마더 테레사가 말한 대로 " 감사의 마음으로 모든 일에 대해 더 나은 시선으로 바라보자"를 실천하고 싶었다.

정말 감사하니 신기하게도 앞날이 보이기 시작했다. 감사하는 습관이 우리에게 도움을 주는 효과를 같이 나누고 싶다.

1. 면역력을 높인다
스트레스 호르몬인 코르티솔의 분비를 줄여 면역력을 높아지게
만듭니다.

2. 대인관계가 좋아진다
감사를 통해 이해와 용서의 마음을 주변인들에게 가질 수 있게
됩니다.

3. 자존감을 높여 준다
현재 주어진 것에 대한 만족하는 연습이 감사입니다. 있는 그대로의
나를 받아들이고 사랑하게 됩니다.

4. 뇌세포를 젊게 만든다
감사하는 마음을 가진 사람들은 수명이 평균 7년 정도 더 길고
뇌세포도 덜 파괴된다는 연구 결과가 있었습니다.

5. 숙면을 취하게 한다
감사는 명상과 유사한 효과가 있어 수면의 질을 개선한다.

내가 터득한 감사의 마법을 생활화함으로써 새로운 변화를 만들고 오프라 윈프리의 "가진 것에 감사하라. 그러면 더 많이 갖게 될 것이다. 갖지 못한 것에 집중하면 절대로 풍족해질 수 없다."라는 말을 명심하면서 이 어려움에서 반드시 벗어나리라 굳게 다짐한다.

실패를 두려워하지 마라

내가 지금 겪고 있는 실패는 보통 실패가 아니었다. 나 개인뿐만 아니라 많은 사람들에게 영향을 끼친, 아니 엄밀히 이야기해서 피해를 준 엄청난 실패였다. 이번 일로 나는 모든 일에 자신감도 잃고 무언가를 한다는 자체가 두려움을 안겨주었다. 어떤 때는 내가 생존하는 이유조차도 알지 못하고 정상적으로 살 수 있을까 하는 생각도 들었다.

내가 새로운 다른 일을 할 수가 있을까? 나에게 반문해 보았다. 당장 개인 청산 문제가 해결되면, 먹고 살기 위해서 일자리를 구하고 돈을 벌어야지 하면서 개인청산 재판이 끝나기를 기다리지만 코로나19 사태로 재판 기일이 연기되곤 해서 예상보다는 더디게 재판이 진행되었다.

가만히 생각해 보니 지금까지 나는 많은 실패를 경험했고 그 실패를 통해서 성장해 왔던 것이었다. 갓난아기 때 무수히 넘어지고 깨지고 해서 걸음마를 배웠고, 한글을 깨치기 위해서 야단을 맞으면서 무수히 '가나다라마바사아자차카타파하'를 써가며 외우고 또 외우면서 한글을 배웠다. 영어는 또 어떤가? 영어를 배운다고 조그마한 수첩에 단어를 써서 길을 가면서, 버스를 타면서 영어단어를 외우고, 잊어버리고 다시 외우는 반복 연습을 통하여 영어를 조금 말할 수 있었다.

나의 군대 보직은 자동차 수리병이다 보니, 군대에서 교육을 받거나, 회사에서 근무할 때 엔진과 미션 분해조립을 수없이 했다. 처음에는 조립을 잘했다고 생각해도, 마지막에는 꼭 몇 개의 볼트와 너트가 남아, 수없이 반복적으로 분해조립을 했던 기억이 떠올랐다.

그래 맞아. 모든 일은 처음에 시작할 때는 서투르고 완전하지는 않았지. 시간이 가고 경험이 쌓이면서 완벽해지는 것이 아니겠는가? '실패는 누구나 할 수 있고 우리 모두가 실수 속에서 성장한 거야' 하면서 스스로 위로했다.

이금희 아나운서는 "실패라는 건 반드시 성찰을 가져와요. 성찰은 성공했을 땐 잘하게 되지 않죠. 우리 대부분은 실패했을 때 성찰하게 돼요. 그래서 실패가 사람을 성장시켜요.

성공은 사람을 성장시키진 않아요. 기쁘게 하죠."라고 말하는 것이 실패에 대한 인식을 바꾸는 계기가 됐다.

"실패를 두려워하지 마라."라는 말은 지금 나에게 꼭 필요한 말이다. 실패는 성공을 위한 과정의 일부이고, 실패에서 배우고 성장할 수 있기에, 실패를 겁내지 않고 도전하면서 새로운 꿈을 키우며 가는 것이 중요하다는 것이라고. 다른 의미로는 실패를 두려워하기보다는 실패 속에서 배움을 찾고, 이러한 경험을 통해 더욱 현명해지는 방법을 찾으라고. 왜냐하면 우리 성장과 발전은 종종 실패에서 비롯되고 우리는 더욱 강해질 수가 있기 때문이지.

이 세상에 존재했던 많은 위대하고 성공한 사람들 중에 실패하지 않고 성공한 사람들이 있었나? 그들이 실패를 두려워하지 않고 끊임없이 도전하였기에 오늘날 성공이란 달콤한 열매를 따 먹을 수 있는 것이 아니었나 생각한다. 『다시 시작하는 용기(조희전 지음)』라는 책에서 언급된 '해리포터'로 세계적인 작가가 된 조앤 롤링의 이야기도 내가 실패에서 일어설 수 있는 용기를 주었다. 그녀는 폭력 성향을 보인 남편과 이혼을 하고, 포르투갈에서 영국으로 어린 딸과 돌아왔다. "이혼과 실직…. 결국 난 사회에서 완전히 실패한 도망자 신세이구나. 어린 딸은 어떻게 키워야 하는지….” 우울함 속에서 결혼에 대한 후회도 몰려왔다. 그녀는 어린 시절부터 상상하기를 좋아했다. 그리고 거듭된 상상은 그녀에게 글쓰기라는 하나의 재능을 주었다.

롤링의 머릿속에 하나의 이야기가 떠올랐다. 마법사인 줄 몰랐던 한 소년이 진정한 마법사로 성장해 가는 이야기였다. 모든 에너지를 글에 쏟아 마침내 원고를 완성했고, 그녀의 글을 팔아 줄 에이전시가 필요했다. 여러 군데를 보냈으나 반응이 썩 좋지 않았고, 원고를 다시 보낼 돈이 없어 고생을 하다, 다행히 어느 에이전시에서 초판 500부를 찍었다. 처음에는 인기가 없다가 점점 인기를 끌기 시작했고 몇 달 지나지 않아 해리포터의 신화가 시작되었다. 영화로도 제작된 〈해리포터 시리즈〉로 인해 그녀는 수천억을 벌게 되었다. 단 한 시리즈의 소설로 성경 다음으로 많이 팔렸다는 베스트셀러의 작가가 되었다. 그녀에게 절망은 절망이 아니었다. 오히려 절망은 그녀로 하여금 인생에 있어 쓸데없는 데 관심을 지우게 했다.

현대그룹 회장이었던 정주영 회장은 그의 저서 『시련은 있어도 실패는 없다』를 통하여 “도전하지 않으면 앞에 무엇이 있는지 모른다”라며 “실패가 두려우면 도전하지 못하니,

그 실패를 두려워하지 마라."고 했고 "실패를 경험하면 다른 것들을 해볼 수 있고, 실패를 경험해야 성공할 수 있다."라고 말했다.

실패에 대한 두려움은 보통 대부분의 사람들이 다 가진다. 그러나 에디슨의 2,000번 넘는 백열전구를 만들기까지의 실패는 성공하기 위해서 필연적으로 부딪히고 축적해야 하는 과정이었다. 에디슨은 실패원인을 끊임없이 분석하고 재도전해 실패를 성공의 과정으로 만들었다. 에디슨처럼 끊임없이 도전하고 실패에서 배우면 되는 것이 아니겠는가?

그래 나는 오늘부터 "실패를 두려워 하지 않는 사람이야" 하 하 하 큰 소리로 웃음을 지으며 실패를 발판으로 새로운 성공의 사다리를 타는 사람이 되기 위해서 다시 용기를 가지고 시련을 극복하고 성공에 도전하기를 굳게 다짐해 본다.

역경을 이기다

사업에 실패한 후, 투자한 수십억 원의 돈을 다 날리고, 수십 년 동안 살아온 아내 명의 아파트마저 대출 담보로 넘어가고, 수중에 단돈 몇 푼도 남지 않는 형편이 되고, 법인 대표로서 연대 보증을 선 십수억의 돈이 개인 채무로 넘어왔고, 형사 및 민사 재판을 계속 받고 있고, 급성 당뇨로 심각한 정도로 안 좋은 건강 상태가 되었고. 바로 모든 것이 나에게는 도저히 극복할 수 없는 역경의 연속이었다.

가장 심각한 것은 정신적인 나약함과 얼빠진 사람처럼 목적 없는 사람, 바로 삶의 의미가 없는 사람이 된 것이었다. 그런 나에게 필요한 것은 모든 것을 인정하는 것이었다. 특히 현재의 나의 상태(상황)를 인정하는 것이었다. "내가 망한 것이고, 나는 돈도 땡전 한 푼 없는 알몸만 남은 사람이고, 다시 태어나야 한다는 사실이었다."

나도 나이지만 함께 지내는 아내의 건강과 정신 상태가 더 심각하다는 것이었다. 강한 믿음과 신앙이 있다 해도 날마다 몰아치는 태풍 속의 폭풍우를 매일 맞고 견디기도 힘들거니와 계속해서 맞으라는 것도 사람이 할 일이 아니었다.

시간만 되면 아내와 나는 남양성지에 가서 기도와 묵상에 매달렸고 청원을 드릴 수밖에 없었다. 거의 매일 오랜 시간 묵상과 기도를 마치고 집에 돌아왔고, 크로아티아 이보파비치 신부님 말씀과 치유 대피정에도 참석하고 성령 세미나가 있을 때도 한 번도 빠지지 않고 참석을 했다. "나의 기도가 언제쯤 주님께 닿을까"라는 막연한 생각을 하면서도, 또한 절실하게 바라면서, 그래도 오직 내가 의지하고 믿을 것은 기도와 미사뿐이었다. 성지에 방문할 때마다 걱정해 주시며 위로와 기도를 해주신 이상각 프란치스코 하비에르 신부님께 감사드린다.

아내도 시간이 흘러감에 따라 이러한 불편함과 어려움에 조금씩은 적응해 나가는 것 같았다. 미안하고 고맙다는 마음을 한 마디의 말로도 못 전하면서, 나는 나의 잘못에 대한 자책으로 항상 침묵과 시무룩한 표정으로 일관했다.

이러한 상태가 계속되면서 나는 무라카미 하루키의 글인 "폭풍이 끝나면 어떻게 살아 남았는지 기억나지 않을 것입니다. 폭풍이 정말로 끝났는지조차 확신하지 못할 것입니다. 하지만 한 가지는 확실합니다. 당신이 폭풍에서 나올 때, 당신은 그 안에 들어왔던 것과 같은 사람이 아닐 것입니다. 그것이 바로 이 폭풍의 전부입니다."라는 구절이 마음에 확 들어왔다. 그냥 시간의 흐름에 맡겨 그곳에서 살아나면 되는 것이구나 하면서.

내가 아주 감명있게 읽었던 알프레드 랜싱의『섀클턴의 위대한 항해』라는 책이 생각이 났다. 어니스트 섀클턴은 남극 탐험의 영웅이다. 그는 첫 번째 남극 탐험에서 괴혈병으로 도중하차하면서 자존심에 커다란 상처를 받는다, 하지만 두 번째 탐험에서 섀클턴은 1차 때 탐험한 스콧 탐험대보다도 남극점에 580km나 더 접근하는 기록을 세우고, 전 대원을 무사히 귀환시키는 쾌거를 이룬다. 세 번째로 남극 대륙횡단을 계획했던 섀클턴은 동료 스물 일곱 명과 함께 엄청난 시련을 맞게 된다. 배가 난파된 뒤 2년 동안 남극의 얼음에 갇힌 채 생존의 위협을 받던 그들은 2년간의 사투 끝에 탈출을 시도하여 전원이 구조된다. 이 책의 원 제목은『살아있는 한 우리는 절망하지 않는다』이었다. 절망하지 않는다면 살아낼 수 있다는 말이 아닌가?

나에게 역경을 이긴다는 의미는 현재를 인정하고, 역경에 당당히 맞서고 그 과정에서 무엇인가를 배우는 것. 또한 현재 속에서 최선을 다하면서 현실적인 목표를 설정하고, 절대로 포기하지 않으면서, 나에게 맡겨진 운명을 사랑하는 것이다.

늘 기도하던 남양성지

건강한 몸이 나를 살렸다

오랜 고민과 스트레스, 쓰디쓴 현실은 나의 몸을 엉망진창으로 만들었다. 정말 숨조차 쉴 수 없는 몸이 되었고, 더욱이 온몸은 자유롭게 움직일 수도 없게 되었다. 많은 걱정과 심한 스트레스는 당뇨병을 초래하였다. 당하혈색소가 7.2까지 나왔다. 급성 당뇨에 걸린 것이다. 정상범위가 5.6인데.

아니 희망을 찾기 전에 그냥 자연사하는 것이 아니냐 할 정도로 몸 상태가 최악이었다. 또한 몸에 힘을 줄 수 없을 만큼 몸의 상태가 안 좋았다. 정말 극적인 처방이 필요했고, 살기 위해서는 건강 회복을 해야만 했다. 우선, 당뇨는 병원에 가서, 처방을 받고 약을 복용하기 시작했고, 엄청나게 떨어진 기초 체력을 되돌리는 것이 급선무였다. 무엇을 하여야 하나 고민을 많이 할 때 "건강을 잃으면 모든 것을 잃는 것이다"라는 탈무드 말이 생각났다. 그래도 가장 하기 쉬운 걷기 운동이 몸에 좋을 거야 생각을 하면서 거처하는 곳 가까이에 있는 왕송호수를 걷기로 결심을 하였다. 그러나 처음에는 발걸음을 한 발짝 두 발짝 옮기는 것도 어렵고 버거웠기에 왕송호수를 도는 것은 한마디로 무리였다. 그래서 시간을 가지고 동네부터 한 바퀴 두 바퀴씩 돌면서 조금 걷는 것이 익숙해지면, 왕송호수를 도는 것으로 결정을 했다.

왕송호수는 주변에 볼거리도 많은 곳이었다. 왜가리, 두루미, 청둥오리, 원앙(천연 기념물 327) 등 각종 철새들도 많이 찾고 레일 바이크 및 철도 박물관, 그리고 조류생태과학관이 있어 산책을 하면서도 즐길 수 있는 것이 상당히 많은 곳이고 많은 사람들이 있어 활기차서 너무 좋았다.

처음에는 하루에 30분 정도 걸으면서 점차적으로 걷는 시간을 늘려 갔다. 이를 악물고 새로운 미래를 향한 꿈을 꾸면서 걸었다. 그러기를 한 달여 하다 보니 다리에 근력이 생겨 좀 더 많은 거리를 가는 것도 가능해졌다. 그래서 왕송호수를 돌기 시작했는데, 한 바퀴를 돌면 약 6.7km를 돌게 되고 시간적으로도 1시간 30분은 족히 걸렸다.

걸으면서 생각을 하니 다시 한번 지난 일을 돌이켜 보게 되고 나의 무모함과 어리석음을 다시 깨우치게 되었다. 그야말로 '내 탓이요 내 탓이요' 가슴을 치면서 수없이 걸으면서 나의 정신은 좀 더 긍정적으로 변할 수 있게 되었고 새로운 것도 생각할 수 있는 여유도 갖게 되었다.

걷기 운동을 통해서 조금씩 다리 근력은 좋아지고 있었지만, 아직도 몸의 근력 상태가 전체적으로 안 좋았다. 또 팔의 근력을 키우기 위하여 아령 3kg짜리를 구해서 운동을 하기 시작하였다. 또 온몸의 유연성 강화를 위해서 스트래칭도 하루에 자기 전에 30분 이상 하면서 하루를 마감하였다. 하루의 일과는 이제 왕송호수를 한 바퀴 돌고 오는 것이고, 걸으면서 넓은 호수를 바라보고 호수표면에서 노니는 청둥오리들을 바라보는 것도 하나의 낙이 되었다. 맑은 공기와 시원하게 부는 바람, 그리고 나를 부르면서 춤추는 많은 나뭇잎과 꽃들로 인하여 나의 마음은 아무것도 안 먹어도 배부르게 되고 새로운 자연과의 데이트를 본의 아니게 매일 즐기게 되었다. 자연스럽게 나의 마음도 조금은 여유로워지고 삶의 희열을 조금씩 만끽하게 되었다.

이러한 꾸준한 걷기 운동과 아령을 통한 근력운동, 스트레칭 운동은 내 몸의 아픈 부분을 치유해 주기 시작했고 나의 마음도 조금씩 밝게 변하게 되었다.
역시 몸이 건강해지니 마음도 건강해지는가 보다.

규칙적인 운동을 통해 얻을 수 있는 아래와 같은 효과가 있다고 하는데 일리가 있는 것 같다.

첫째, 체력적인 효과로서 신체 각 부위의 주요 근육이 발달되어 근육 내 모세혈관의 밀도가 늘어나고, 심장의 용량 및 크기가 증가하고 폐활량이 증가한다.

둘째, 운동은 인간의 공격 본능과 부정적 사고를 해소시키는 심리적 효과가 있다. 규칙적 운동은 인간의 내재된 공격적 본능과 외부 환경으로부터 오는 스트레스를 해소시킨다. 또한 일상생활 속에서 자신감을 갖게 하여 대인관계를 원만하게 해 주는 효과도 있다.

셋째, 규칙적 운동은 질병과 외부의 임상 자극에 대한 면역반응에 긍정적 영향을 준다.

몸 상태가 조금 회복되니, 이제 마음의 여유를 조금씩 갖게 되었고 앞으로의 나의 미래에 대해서 생각하기 시작했다. 마틴 루터 킹 주니어 목사의 "나에게는 꿈이 있습니다.(I have a dream today) 저는 저의 네 명의 자녀가 언젠가 피부색이 아니라 그들의 인격으로 평가되는 나라에서 살게 될 것이라는 꿈을 가지고 있습니다"란 말이 나를 힘차게 흔들었습니다. '그래 맞어 나에게는 꿈이 있어. 나의 새로운 인생의 꿈을 만들어야 해.'하면서 나에게 새로운 인생의 출발을 채찍질했다.

"많은 어려움을 겪고 좌절도 맛보고 살아왔습니다. 알고보니 내가 쓰러진 적은 한두 번이 아니었습니다. 다만 그것이 실패라고 생각을 안 하고 사는 동안의 하나의 과정이라고 생각했을 뿐이었습니다." 그래 죽기까지는 '끝난 게 아니야'라고 크게 외치면서 건강한 몸을 만들어 다시 태어날 수 있도록 나와의 전쟁을 선포하였다.

긍정적인 사고가 행복을 부른다

새로운 환경에 점차 적응하다 보니 모든 것이 불편하고 힘이 들었지만, 그것은 단지 불편할 뿐이었고 죽을 정도로 힘이 든 것은 아니었다. 밥 먹을 식탁이 없으면 책상을 하나 사서 책상 겸 밥상으로 사용하면 되는 것이었다. 겨우 두 사람 몸만 들어가는 방에 침대 하나가 있지만, 방은 그냥 잠만 자는 장소로 여기면 될 뿐이었다. 세끼 밥을 못 먹으면 두 끼만 먹으면 되고, 책을 넣을 책장이 없으면 친구 집 농가에 책을 맡겨 놓으면 되는 것이었다. 짐이 많아 놓을 장소가 부족하면, 정리하여 버리고, 꼭 필요한 것만 가지고 있으면 된다. 모든 것을 긍정적으로 생각하니 내가 변하고 나의 주변이 바뀌기 시작했다.

이제 과거에 연연하지 않고, 현재에 충실하면서 인정하면서 살아가면 되는 것이었다. 말과 행동이 회사가 파산한 지 1년 이상은 부정적이고 절망적이었다면, 지금은 보다 긍정적이고 희망적으로 되어가고 있었다.

"긍정적인 생각은 내면을 아름답게 한다"라고 한다. 긍정적인 사고 습관은 우리를 더 풍요롭고 자신감 있는 삶이 되도록 해 주며, 아름다운 내면을 형성하고, 성장하는 가치를 만들어 내고, 또한 어려움들을 긍정적으로 인식하여, 어떠한 상황에서도 더 나은 가능성을 발견하고, 문제의 해결책을 찾아내는 데 도움을 준다. 세계 보디빌딩 챔피언이며 전 미스터 올림피아인 밥 펠리스는 "우리는 마음이 생각하고 믿을 수 있는 것은 그 무엇이라도 이루어 낼 수 있다"라는 원칙을 자기 암시에 적용하였다.

정말 긍정적인 사고를 하고 행동으로 옮기니 많은 변화가 생겼다. 아마도 긍정적 사고로 스트레스와 불안을 줄이고, 우울증과 불안 증상을 덜 경험한다는 연구 결과가 영향을 미친 것 같다. 또한 긍정적인 사고는 정신 건강뿐만 아니라 신체 건강에 영향을 미쳐 스트레스 호르몬 수치가 낮고, 면역 체계가 강해지며, 전반적으로 건강 결과가 좋다고 한다.

또한 긍정적 사고 관련 공부를 하면서 긍정적 사고를 유지할 수 있는 방법에 대하여 많은 관심을 가졌다. 그 방법이란?

1. 감사의 마음을 가지는 것은 긍정적 사고를 유지하는 데 가장 중요한 요소입니다.
2. 긍정적인 사람들과 함께하면 그들의 긍정적 에너지가 우리에게 전달되어 우리의 사고를 긍정적으로 만듭니다.
3. 자신에 대한 사랑과 인정은 매우 중요합니다.
4. 부정적 생각을 긍정적 생각으로 바꿉니다.
5. 자신만의 목표를 설정하고 실천합니다.

이러한 방법을 통하여 실천하니 긍정적 사고 전환이 가능했다.

나도 이렇게 긍정적 사고를 통하여 에이브러햄 링컨의 "성공을 이루겠다는 당신의 결의가 그 무엇보다도 중요하다는 것을 항상 명심하라"라는 말을 마음에 새기며, 새로운 꿈을 키우며 비상을 꿈꾸는 새가 되기를 기원해 본다.

다시금 날아오르리라

여전히 똑같은 일상이 계속되고 있다. 아침에 일어나서 별 다른 목적 없이, 먹어도 먹은 것 같지 않은 세끼 밥을 먹고, 잠 안오는 밤을 뒤척이며 보내고, 또 하루를 보낸다. 특별히 재판 일정이 잡히면, 관련 자료를 준비하고 정말 다람쥐 쳇 바퀴 돌듯한 하루가 매일 매일 돌아가고 있다.

이제는 마음의 안정을 어느 정도 갖고 있다고 생각은 했지만, 아직도 정신이 멍한 상태를 느낄 수 있다. 지금의 형편에 한 없이 감사하고, 이제는 건강을 위해서 걷기를 비롯하여 간단한 근력운동 등 꾸준히 운동도 시작하고 있고, 긍정적인 생각을 하려고 노력을 기울여도 어떤 색다른 변화는 일어나지 않고 있다.

카네기 성공론에서 본 글 중에 "두 사나이가 감옥에서 창문으로 밖을 바라보았다. 한 사람은 진흙탕을, 다른 한 사람은 별을 보았다. 나는 현재의 상태에서 무엇이든 좋은 점을 찾아내려고 결심했습니다. 별을 찾으려고 했지요." 결국 별을 찾으려는 사람은 별을 찾았고, 사회에 나와 자기의 꿈과 목표를 실현하며 많은 사람들에게 희망을 주는 일을 했다. "그래 나도 창밖에 보이는 별을 찾아야지"라고 다짐을 했다. "스스로 삶을 변화시킬 기회를 찾고 걱정을 없애고 근심을 이겨내어 성공의 길을 가야지"하면서 말이다.

내가 저지른 실수, 내가 아무것도 할 수 없는 현실, 그래 아마 이 속에서도 내가 할 수 있는 일이 있고 희망이란 단어를 찾을 수 있을 것이라 내 마음을 다독거렸다.

내가 많은 사람을 어렵게 만들고, 고생도 시키고, 실망감을 준 가운데에서도, 내가 사람 구실을 하면 그나마도 나를 용서해 주고, 아니 나를 격려해 줄 것이라 생각했다.

구본형의 『익숙한 것과의 결별』속에 "하고 싶고 잘하는 것을 연결시킬 때 비로소 그때 빛나는 새가 되어 하늘을 날 수 있다."라는 말이 나를 어루만졌다. 그래 나도 반드시 다시 날아 오르리라는 다짐을 했다.

지금부터 45년 전 일이 생각이 났다. 1980년 5월 근무하던 맹호부대에서 제대를 하고 복학 시간이 몇 개월 남아 고민을 하던 중 기계공학도인 내가 공장에서 물건을 만들고 기술적인 내용을 다루는 기술자가 아닌, 만든 물건을 전 세계에 파는 세일즈 엔지니어가 되어야겠다는 꿈을 가졌다.

그때부터 나는 영어를 본격적으로 배우기 시작했고, 경희대학교 근처에 나름대로 이름이 나 있는 삼육 영어학원에 등록을 해서 본격적으로 영어를 배우기 시작했다. 졸업을 앞두고도 무슨 배짱인지 모르지만 기술 자격증을 따는 공부 대신 타임지와 영어책을 들고 맹렬히 영어를 공부했다.

외국인만 보이면 무작정 달려가서 "헬로우"를 외치고 이것저것 닥치는 대로 질문을 하는, 바로 "아이온 페이스(철판)"가 돼서 영어를 익히기 시작했고 실력은 향상되어 갔다.

외국어로 꿈을 꾼다는 이야기를 체험한 것도 이때의 일이었다. 정말 꿈에 내가 외국인을 만나고, 영어로 대화하는 것이었다. 이것은 그만큼 영어에 대해서 열심히 공부하고 몰입했다는 증거라고 생각이 든다. 그 이후부터 영어는 점점 자신이 붙어 영어 회화는 거리낌이 없이 할 수가 있었다.

졸업을 하고 기아 자동차에 입사를 해서 공장 부서인 자재부에서 근무를 하면서 공장 구석구석을 돌아다니다가 외국인만 보이면 달려가 공장의 여러 시설과 조립 라인에 대해서 설명해 주던 나의 모습이 생각나고, 특히 기억에 나는 일은 1983년 한국에서 개최한 '미스 영 인터내셔널' 미인 대회 참가 전 세계 미인들이 기아자동차 소하리 공장을 방문 시, 그녀들에게 조립 라인을 설명하느라 동분서주 뛰어다니던 생각이 났다. 다시 말해 외국인만 보면 영어를 사용하고 싶어서 안달이 난 상태였다.

공장에서 1년여 근무하다 곧바로 해외 부서인 수출정비과에 배치를 받아 본격적으로 자동차 부품을 수출하고, 수출 차량에 대한 품질 개선을 하고, 클레임 처리, 자동차를 손쉽게 수리할 수 있는 제반 매뉴얼을 만드는 등 세일즈 엔지니어의 역할을 담당했다. 세계적인 경쟁사인 포드, 벤츠, 크라이슬러, 토요타, 마쯔다 자동차의 정비 시스템을 익히고 기아에 맞는 수출 정비 시스템인 보증 시스템 운영, 딜러 서비스 가이드 라인 전수, 교육 시스템 전파, 정비 책자 발간, 정비 공구 및 기기 개발 등을 적기에 개발, 보급하여 전 세계에 기아 자동차를 수출하고 서비스하는 데 큰 역할을 담당했다. 정말 이 일은 나에게 보람이었고 지금도 큰 자부심으로 남는다.

그 당시에 수출정비 부장으로 내가 추진하는 수출 정비 시스템의 원칙은 '화타의 정신'이었다. 화타는 중국 후한 말의 의사로, 조조와 관우를 치료한 유명한 중국 최초의 외과 의사였고, 최초의 마취제인 '마비산'을 만들었고, 그는 약초는 조금만 사용했고, 침 하나로만 치료를 할 수 있었고, 걸음걸이만 보아도 병을 진단하고 치료했던 명의 중의 명의였다. 화타처럼 누구든지 쉽게 차를 고칠 수 있는 시스템 구축을 하는 것이 나의 목표였다. 그 목표 달성을 위해서 치열하게 일했던 것도 보람으로 느껴진다.

나는 지금 '영어를 배우면서 세계적인 세일즈 엔지니어를 꿈꾸던' 바로 그때의 도전했던 열정을 떠올렸다. "그래 지금도 늦진 않았어" "내가 포기만 안 한다면, 다시 힘찬 도약을 하면서 독수리처럼 하늘을 날아오를 수 있다"라고 생각했다.

나의 경우와 같은 그리스 신화인 '시지프스의 신화'가 생각났다. 시지프스는 죽음 후 저승에서 형벌을 받기 위해 끊임없이 반복적으로 큰 바위를 산봉우리 꼭대기까지 올려야 하는 고난스러운 과제를 수행한다는 이야기이다. 나도 시지프스가 마주하는 어려움과 도전을 피하지 않고, 회피하지 않고 응하면서 그것을 이겨내어 성장할 수 있는 기회로 바꾸도록 노력하겠다는 결심을 했고 채근담(홍자성 지음)에서 말한 "오래 엎드린 새가 오랜 난다"라는 구절을 생각하면서 다시금 날아오르리라고 크게 외쳐 본다.

다시금 날아오르리라

새로운 도전을 꿈꾸다

마음의 각오를 단단히 하고 생각을 해 보니, '과연 아무것도 할 수 없는 무능력자인 내가, 경제적 식물인간인 내가, 무슨 일을 할 수 있을까? 아니면 무슨 일이 나에게 주어질까'라는 생각이 나에게는 또 다른 고민거리가 되어 나의 머리를 아프게 했다.

내가 경제적 능력이 전혀 없으니, 사업은 아예 안 되고, 취업을 하려고 해도 개인 청산 재판이 진행되어 아무런 경제 활동을 할 수가 없고, 그냥 있자니 그것도 문제고, 무엇을 하자니 그것도 썩 해답이 나오지 않았다.

고민에 고민을 거듭하다가 '돈이 없이 돈을 벌 수 있는 방법'이 강사라는 직업이 될 것이라는 생각이 들어 인터넷을 통해 검색을 하기 시작했다. '돈 안 들이고 돈을 버는 직업', '돈 버는 강사', 실버층을 겨냥한 '실버 강사' 등을 검색하다가 '웃음 치료'가 가장 실버 세대와 더불어 내가 접근하기 쉬운 분야라 판단이 되어 집중 검색을 하였다.

검색 후 여러 기관에다 연락을 취해 본 결과, 그중에서도 내가 가장 신뢰가 간 곳은 삼 남매인, 조정문 대표, 조정호 원장, 조정화 대표가 운영하는 '한국 웃음 치료 연구소'였다. 그 이유로는 먼저 삼 남매가 함께한다는 것, 또 다른 이유는 다른 곳과 달리 오랜 역사를 가지고 있고, 한 번 등록을 하면 평생 재수강이 가능하다는 점이 장점으로 느껴져, 결정을 한 후, 어느 토요일 연구소 방문을 하니, 조정문 대표가 방문을 흔쾌히 반겨주었고, 여러 가지로 나의 현실과 내가 추구하는 강의 내용을 가지고 상세히 설명을 해 주어, 나는 그중에서 '웃음 지도사', '뇌 건강 지도사' 등을 신청하여 웃음 & 치매 & 레크레이션 실버 통합 과정을 등록하였고, 나의 인생 최초로 강사가 되기 위한 새로운 도전의 길에 들어섰다.

강의를 들으니, 통계청 자료에 의하면 "2040년 우리나라 65세 이상 인구 비율이 33.9% 를 차지하고, 2067년에는 우리나라의 노인 인구가 전체 인구의 절반 가까이 차지할 전망"이라고 하니 앞으로 늘어나는 실버 세대를 겨냥해서도 전망이 밝고, 내가 강의를 하기에도 적당하고 해서 해 보기로 결정했다. 그로 인해 나에게도 의욕이 생겼고, 처음에는 어색했지만 몇 번 해 보니 그럭저럭 해 볼 만하였다.

또한 관심있는 데이터가 치매 환자에 관한 것이었다. 보건복지부 지정 노인성치매임상연구센터의 자료에 의하면 우리나라는 2012년 기준으로 치매 유병률이 9.18%이었고, 치매 환자수는 54만 명이었고, 향후 치매 환자수는 2050년까지 20년마다 2배씩 증가하여 2020년 약 84만 명, 2030년 약 127만명, 2050년에는 271만명으로 추산된다. 치매 유형별 분포(2012년 기준)로는 알츠하이머 치매(70.5%), 혈관성 치매(16.9%), 루이체/ 파킨스병 치매(3.4%), 전두엽 치매(1%), 알코올성 치매(0.9%) 등이 차지하고 있다. 치매 유병률은 연령이 증가할수록, 학력이 낮을수록, 남성보다 여성에게 높았다. 나는 이 치매를 예방할 수 있는 웃음치료 등 실버 교육에 더욱 관심이 있었다.

'한 번 시작을 했으니 끝장을 봐야지' 하는 마음으로 매주 토요일 방문을 하여 재수강을 받으면서 소위 내공을 쌓아갔다. 춤과 율동을 하면 누구보다도 먼저 나가 강사님과 율동을 하면서 미친 듯이 흔들었다. 아마도 많은 수강생들이 나이도 어느 정도 든 사람이 매우 열정적으로 흔드니 감탄한 듯 '대단하다', '멋지다' 라는 칭찬을 많이 받았다. 그런 열공이 효과가 있는지는 몰라도 몸치였던 내가 노래에 맞춰 춤을 추는 것이 하나도 어색하지 않았고, 율동도 어느 정도 잘할 수 있게 되었다. "찐이야, 당신이 최고야, 사랑해, 내 나이가 어때서" 등은 아직도 율동이 가능한 노래들이다. 배우지 않은 노래와 율동이라도 이제는 두려움 없이 배울 수가 있게 되었다.

실버교육을 집중적으로 해 보니 레크레이션 만으로는 실버 강사로서 활동을 활발하게 하기는 부족할 것 같아서, 내가 가장 쉽게 교육을 받아 교육을 시킬 수 있는 강의 내용 중에서 선택을 해서 한국웃음치료연구소에서 강의하는 웰다잉, 법정 의무 교육 등도 교육을 받아, 앞으로 기회가 오면 강의를 나갈 수 있도록 준비를 하였다.

특히 내가 웰다잉 교육에 관심을 가진 이유는 구름서재에서 발간한 『무엇이 웰다잉의 삶인가?』에서 다음과 같이 잘 나타나 있다. 어떤 인간도 죽음을 극복할 수는 없다. 인생의 마지막인 죽음이라는 시나리오는 개인별, 문화별로 제각기 다르지만 죽음이라는 절대적 힘 앞에서 모든 인간은 평등하다. 죽음 앞에서 우리가 할 수 있는 것은 그것을 어떻게 생각하고 받아들이고 준비하는가이다. 웰다잉이란 무엇인가? 자기 삶의 유한성을 깨닫고 언젠가 다가올 죽음을 잘 준비하여 좋은 죽음을 맞이하는 것이다. 또한 자신이 죽을 수밖에 없는 유한한 존재임을 기억하며, 살아있는 동안 어떻게 살아야 할 것인가를 생각하면서 사는 것이다. 죽음을 성찰하고 받아들인다면 그만큼 삶의 소중한 가치를 깨달으며 살게 된다. 또한 삶에서 찾아오는 수많은 어려움과 고난도 회피하지 않고 자기 것으로 받아들이고 헤쳐 나갈 수 있게 된다. 많은 사람들이 아름다운 삶의 마무리를 할 수 있도록, 또한 우리에게 주어진 삶을 보람되게 보낼 수 있도록 조력자 역할을 충실히 하고 싶다.

이렇게 나는 평생에 한번도 해 보지 않은 강사라는 새로운 분야에 도전을 하게 되었다. 그렇게 교육을 열심히 받고 있던 나에게 여러 가지 복병이 자리 잡고 있었다. 진행되고 있는 재판도 끝나지 않았고, 나이도 이제 60대 중반을 넘어, '70대를 향하는 나에게 강사라는 직업이 맞을까? 아니면 나에게 가능할까'하는 문제였다.

'나이가 들어감에 따라 강사라는 직업이 어려울 것 같다.'는 일반적 우려를 달래기 위해 아래의 '청춘'이라는 시를 통하여 위안과 용기를 가졌다.

우리가 잘 아는 '청춘'이란 시를 사무엘 울만이 78세에 썼다.

<청춘>

사무엘 울만

"청춘은 인생의
어떤 시절이 아니라
마음의 상태이다.

그것은 장밋빛 볼, 붉은 입술,
그리고 유연한 관절의 문제가 아니다.
그것은 의지와 상상력의 우수성,
감성적 활력의 문제이다.

청춘이란?
인생의 깊은 생의 신선함이다.

청춘은 때때로 이십 세의 청년보다
칠십 세의 노인에게 아름답게 존재한다.

단지 연령의 숫자로
늙었다고 말할 수 없다.

우리는 황폐해진 우리의 이상적
사고에 의해 늙게 되는 것일 뿐이다.

세월은 피부를 주름지게 하지만,
열정을 버리는 것은 영혼을 주름지게 한다.

고뇌! 공포! 자기 불신은 마음을 굴복시키고
흙 속으로 영혼을 되돌아가게 한다.

칠십이든 열여섯이든
모든 인간의 마음속에

경이로운 것에 대한 매혹, 무엇가에 대한
끊임없는 욕망, 삶 속의 환희가 존재한다면

희망! 희열! 용기! 와 힘의 메시지를 갖는한,
그대의 젊은은 오랫동안 지속되리라.

안테나가 내려지고 그대의 영혼이 냉소의 눈과 비관의 얼음으로 덮이면 육신이 이십 세일지라도 이미 늙은 것이다.

그러나 그대가 안테나를 올리고,
낙관주의의 물결을 잡는다면

그대 팔십 세일지라도
청춘으로 살 수 있으리라!"

우리의 청춘은 늘 우리의 마음속에 있음을 느끼고, 항상 멋진 내일을 만들어 나가다면 우리는 언제나 청춘이다. 나도 새로운 도전을 할 수 있고, 꿈꿀 수 있다.

강사를 꿈꾸다

4장

희망의 증거가 되다

나이는 숫자에 불과하다

이제 강사가 되기 위해서 공부하는 나이가 60대 중반이고, 제대로 내가 강사로서 역할을 다할 수 있으려면 60대 후반이 될 터인데, 생각했던 문제와 고민이 터지기 시작했다. 그래서 노년에 성공한 사람들에 대하여 숙고해 보기로 했다.

우리가 잘 아는 '켄터키 프라이드 치킨' 이야기를 생각해 보았다. 켄터키 프라이드 치킨의 창업주는 할랜드 데이비드 샌더스(Harland David Sanders)이다. 그가 개발한 치킨 조립법 계약이 1,008번 거부 당하고 그의 나이 62세에 1,009번째로 판매에 성공한다. 사업 실패로 65세에 빈털터리가 되었지만, 그는 프랜차이즈 사업을 좌절하지 않고 집중하여 결과적으로 오늘날 120여 나라에 약 3만 개의 가맹점을 갖게 되고, 미국에서 맥도날드에 이어 2013년 매상액이 230억 달러로 두 번째가 된다. 그가 거듭된 난관에도 좌절하고 늦은 나이에 창업하여 도전하였기 때문에 성공을 거둔 것이다.

일본의 시바타 도요 할머니 시인이 2009년 10월 98세의 나이에 첫 시집『약해지지 마』를 자비를 들여 출판했다. 시바타 도요 할머니의 시집은 158만 부나 판매됐고 대성공이었다. 시바타 할머니는 허리가 아파 취미였던 일본 무용을 할 수 없게 되어 낙담에 빠져있다가 아들의 권유로 92세 때 처음 시를 쓰기 시작했다. 100살까지 시를 쓰다가 101세로 돌아가셨다.

<약해지지 마>

시바타 도요

있잖아, 불행하다고
한숨짓지 마

햇살과 산들바람은
한쪽 편만 들지 않아

꿈은
평등하게 꿀 수 있는 거야

나도 괴로운 일

많았지만

살아 있어 좋았어

너도 약해지지 마

시바타 도요 할머니가 아흔이 넘어 처음 시를 쓰게 되지만
포기하지 않고 쓰니, 많은 사람들에게 마음에 울림을 주는 글
을 쓸 수가 있었습니다.

또한 우리가 모두 잘 아는 김형석 연세대 명예 교수가 계십
니다. 그분은 1920년생으로 현재까지 생존해 계신 철학자이
십니다. 김형석 교수님은 100살을 훨씬 넘긴 나이에도 정기적
으로 글을 쓰고, 강연도 나가시고, 신문 칼럼도 쓰고 있습니다.
늙지 않는 비법으로 두 가지를 꼽는데 그것은 "공부를 계속하고,
일하라는 것"과 "감정을 젊게 가지라"는 것이다. 다시 말해
"공부와 일을 계속해야 장수"한다는 말입니다.

늦게까지 일을 해서 성공한 사람 중에 '미켈란젤로'를 빠뜨
릴 수 없다. 미켈란젤로는 르네상스 시대를 대표하는 이탈리

아의 조각가, 화가, 건축가, 시인이다. 60세부터 그린 시스티나 성당의 '최후의 심판'과 유명한 조각품인 '피에타' 등 다수가 있고 90세 나이로 세상을 뜰 때까지도 '론다니니의 피에타'를 제작하고 있었다.

그리고 늦은 나이에 그림을 그리고 싶어 간절하게 매달려 화가가 된 사람이 있다. 그 이름은 루이 비뱅으로 파리에서 멀리 떨어진 작은 마을에서 1861년에 태어났다. 비뱅은 어려서부터 그림을 그리고 싶었지만 가정 형편과 부모의 반대로 꿈을 꺾었고 직장을 얻기 위해 파리에 와서 우편 배달부가 되었다. 비뱅은 42년간을 일하고, 퇴직 후인 62세부터 그림을 그리기 시작했다. 그는 새벽부터 저녁까지 그림에만 몰두했고 그리고 싶은 그림을 그릴 수 있었다. 비뱅은 생전에는 크게 주목받지 못했지만, 사후에 뉴욕 현대미술관에 작품이 걸렸다. 간절하고 위대하고 끈질기지 않으면 할 수 없는 도전이었다. 비뱅이 그린 그림을 보면서 많은 사람들이 행복을 느끼고 있다.

89세에 미국 국토 5,100km를 횡단한 도리스 해덕이 있다. 그는 "나이를 탓하며 주저앉기엔 남은 인생의 기회가 너무 많다"라는 말을 남겼고 우리 모두에게 정열과 도전 의식을 불러일으키셨던 정말 멋지고 존경할 만한 분이시다.

정말 꿈을 이루는 데에는 늦은 나이란 없는 것 같다. 늦게 시작했지만 지금은 성공한 사람들의 특징은 자신에 대한 믿음을 끝까지 저버리지 않고 기회를 잡기 위해 노력했고, 강한 열정을 가지고 있었다. 늦게 성공한 사람은 끝까지 포기하지 않는 사람이다.

정말로 나이는 숫자에 불과한 것인가? 나의 성공에 대한 가능성과 함께 나이는 숫자에 불과하다는 것을 보여 주기 위한 나의 성공을 위한 도전을 선포하고 싶다.

신에게 묻다

사업이 어려워지기 시작할 무렵, 나는 백방으로 문제 수습을 위해서 돌아다녔고, 관련 금융기관에 요청을 하였지만 나아질 기미가 전혀 없었다. 땅이 꺼지고 하늘이 무너지듯이 더 이상 나에게는 어떠한 희망도 살아날 가망성도 없었다.

내가 할 수 있는 일은 오직 전능하신 주님께 기도를 청하며, 살 수 있게 해달라고, 더 이상 많은 사람들에게 어려움을 주지 않도록 눈물을 흘리며 간곡히 청하는 일 뿐이었다. 결과적으로 내가 원하는 바람대로 이루어지지 않았고, 곧바로 나는 나락으로 떨어져 버렸다.

회사 몰락으로 인한 뒤처리로 정신없이 지냈기에 아무런 생각도 나지 않았다. 집을 삼킬만한 파도가 몰아치면 죽지 않기 위해서, 발등에 불이 떨어진 듯 나는 정신없이 문제를 해결하느라, 눈 코 뜰 새가 없었다. 살고 있는 집에 대한 경

매 진행, 여전히 개인파산 재판 등 두 재판에 참석을 하여야만
했고, 경제적 고통을 느끼면서 하루하루를 간신히 넘겼다.

어느 정도 시간이 흐른 2020년 겨울, 불현듯 하상신학원
에 대한 생각이 났다. '하상신학원'은 수원가톨릭대학교 부
설로서 실천적인 신학전문기관이고 평신도를 위한 깊이있는
양성의 터전이었다. 오래전부터 정하상 바오로 후원회에 가
입을 해서 하상신학원에 대한 이야기는 어느 정도 알고는 있
었지만 이렇게 무엇에 홀린 듯 내 뇌리를 스치면서 생각이
나는 것이 신기했다. 무언가 돌파구가 필요했고, 또 다른 피
난처가 필요하기도 했지만, 이런 듯 그 어려운 상황에서 신
학원 입학이라는 새로운 길을 열어 준 것은 나의 생각이 아
니라 어떤 주님의 이끄심이 아니었나 생각이 든다.

하상신학원에 연락을 취하니, 입학원서를 작성해서 제출
하라고 해서, 추운 겨울날 두꺼운 외투를 입고 입학원서를
받아 들고 사무실에서 나오니, 캠퍼스 중앙에 있는 건물에
아주 커다란 플랭카드에 쓰인 참 인간, 참 교사, 참 신앙인,
참 목자라는 글자가 눈에 들어오는데 그곳에 아주 큰 "참"
자가 인상적이었다. "현재의 나를 주님은 어떻게 보시고 계
실까? 아니면 주님이 나에게 어떠한 답을 주실 수 있는 건

가?"라는 질문을 속으로 생각하며 급히 집으로 돌아왔다.

아내와 상의를 하여 신학원에 가야겠다는 의사를 표명하니, 아내도 어이가 없다는 표정으로 나를 바라보았고, 장시간 대화를 통하여 아내로부터 정 원하면, 가보라는 격려에 힘입어 원서를 제출하고, 원장 신부님을 비롯하여 신부님들 면접을 보고, 기다렸는데 나중에 합격자 명단에 내 이름이 들어 있었다. 하상신학원 30기에 입학을 하게 되었다. 신학원 입학은 나에게는 또 다른 도전이자 기회였지만, 내가 신학원에 간다고 하니 많은 사람들이 이구동성으로 "먹고 살기도 힘든데 웬 공부야, 그 시간이면 일용직을 나가든지, 아니면 경비라도 서야지" 하면서 걱정 반, 놀림 반으로 말들을 했다.

"일은 내 개인이 하는 것이 아니고 주님이 하시는 일이니 저를 보살펴 주십시오"하고 간절히 기도를 올리면서 아내의 동의를 얻고 신학원에 나가기로 최종 결정을 했다. 이 길은 내가 선택한 것이 아니라 주님이 이끌어 주신 것이라 생각했기에, 어려운 환경이지만, 주님과의 만남을 고대하면서 어렵게 시작하였다.

다음 성경 구절이 더욱 부르심에 대하여 나를 고민스럽게 했다. '예수님께서 시몬에게 이르셨다. "두려워하지 마라. 이제부터 너는 사람을 낚을 것이다." 그들은 배를 저어다 뭍에 대어 놓은 다음, 모든 것을 버리고 예수님을 따랐다.'

영세를 받은 지는 오래됐지만, 성경 말씀이나 신학에 대해서 깊이 연구하거나 공부한 적이 별로 없었다. 그러기에 신약성경 입문, 구약성경 입문, 신학 원론, 한국 교회사, 그리스도교 철학, 교부학, 전례학, 성사론 과목 등은 어렵기는 했어도 우리의 신앙 선조들이 온갖 박해를 딛고, 순교를 통하여 오늘날 교회로 발전했다는 사실을 알게 되었고, 또한 나의 신앙의 폭을 넓혀주고 방향을 잡아주는 나침판 역할을 했다.

학년이 올라감에 따라 바오로 서간, 창조 종말론, 은총론, 교회론, 사목신학 등 점점 심오한 과목들이 많아짐에 따라 머리도 아프고 이해가 안 되는 부분도 있었지만 그런대로 적응이 되어갔다. 또한 많은 원우들의 협조와 도움으로 나의 신학원 생활은 어렵지 않게 잘 보낼 수 있었다. 모든 30기 원우들의 사랑과 도움에 감사의 말을 보낸다.

2년을 마치니 고민거리가 생겼다. 마지막 1년을 더 공부를 해야만 최종적으로 선교사 자격증과 교리 교사증을 받을 수 있는 심화반 단계가 있었다. 가정 형편을 생각해서는 취업 활동을 해야 하는데, 이것이 나에게 많은 고민과 걱정거리를 안겨주었다.

많은 기도와 고민을 한 끝에, 말도 안 되지만 "1년간 공부를 더 해야겠다고, 왜냐하면 지금이 아니면 앞으로 기회가 안 올 것"만 같다는 이야기를 조심스럽게 아내에게 전하며 양해를 구하고, 더불어 부탁을 했다. 아내의 승낙 끝에 1년간 심화반 과정을 다니고 마치게 되었다.

3년간의 과정을 무사히 마치게 해 준 아내와 그간 3년간 돌보아 주신 기정만 에제키엘 원장 신부님, 나형성 요한세례자 원장 신부님께 감사의 말씀을 드린다.

3년간의 교육 기간이 다 나에게 의미가 있고 도움이 되었지만, 특히 우리 30기의 '주님과 함께'한 제주도 졸업 여행과 '축복의 통로'로 가경자 최양업 토마스 신부님의 발자취를 따라 여행한 심화반 졸업 여행이 특별히 기억에 남는다.

최양업 신부는 15세 때인 1836년 김대건 안드레아와 최방제 프란치스코 하비에르와 함께 조선 교회의 신학생으로 선발되어 그해 12월 마카오로 유학을 떠났고, 1844년 12월 동료 김대건 안드레아와 함께 페레올 주교로부터 부제품을 받았다. 이후 김대건 안드레아 부제가 먼저 사제품을 받고, 최양업 토마스 부제는 1849년 4월 15일 상해 성당에서 두 번째 한국인 사제품을 받았다. 1849년 12월 말 고국 땅을 밟은 뒤 흩어지고 길 잃은 양들을 찾아 전국 120여 개의 교우촌 순방을 시작하였고, 최양업 신부는 12년 동안 해마다 7천 리(2,800km)가 넘는 길을 쉼 없이 걸으며 사목하였고, 휴식 기간에는 한문 교리서와 기도서를 한글로 옮기고 순교자들에 대한 기록을 수집하였다.

최양업 신부는 1861년 여느 때처럼 사목 방문을 다 마친 다음 서울에 있는 베르뇌 주교에게 성무 집행 결과를 보고하고자 길을 나섰다. 그러나 그동안 계속된 과로에 장티푸스까지 겹쳐 1861년 6월 15일 진천 교우촌에서 40세의 나이로 선종하였다. 그해 11월 제천 베론에 안장되었다.

최양업 신부의 19통의 편지 중 1846년 12월 22일 심양에서 씌여진 3번째 감동적인 편지를 소개한다.

"예수 마리아 요셉,

지극히 공경하고 경애하올 르그레즈와 신부님께
아주 오래전부터 큰 희망을 품고 신부님의 화답을
고대하였습니다. 그러나 편지가 늦어지는 것에 대해서는
아무런 조바심 없이 조금도 이상하게 여기지 않습니다.

왜냐하면 이렇듯이 큰 염려와 자애로 아버지의 정을
베푸시는 신부님한테 편지까지 받는다는 것은 너무나
황송한 일이고, 또한 신부님께서는 언제나 많은 일로
너무나 바쁘시다는 것을 모르지 않기 때문입니다.

드디어 12월 21일 신부님의 편지와 거룩한 유해를
받고 더할 수 없이 기뻤습니다.
지금까지도 저는 우리 포교지 밖에서 떠돌고 있으니
저도 매우 답답하고, 신부님의 마음도 괴로우실 것입니다.

인자하신 천주 성부께서 신부님들과 형제들을 반가이
만나 포옹할 수 있도록 허락해 주시기를 빕니다.
우리가 무사히 조국에 들어왔다는 소식을 신부님께
전한다면 이 소식을 듣고 반가워하실 신부님의 기쁨에
못지않게 저에게도 큰 기쁨이 될 것입니다. 그때에는

기뻐 용약하는 마음으로 더 자유롭게 더 자세히 편지를
올리겠습니다.

이제 발걸음은 가볍게 뛰어 달리고 있으나 얼굴은
무겁게 푹 수그러지고 있습니다. 너무나 힘든 역경과
극도의 빈곤과 허약에 시달리고 있기 때문입니다.

그러나 천주님의 풍부한 자비에 희망을 갖고, 지극히 좋으신
천주 성부의 섭리에 저를 온전히 맡깁니다.
"사람들이 너희를 넘길 때, 어떻게 말할까, 무엇을 말할까
걱정하지 마라. 너희가 무엇을 말해야 할지, 그때에 너희에게
일러 주실 것이다."(마태 10,19)라고 하신 우리 주 예수 그리스도의
말씀을 기억합니다. 여기서 말한다는 것은 비단 설교의 은사뿐만
아니라 우리에게 필요한 모든 것을 의미하는 줄 압니다.

그러므로 저의 빈곤과 허약을 의식할 때 매우 두렵고
겁이 납니다만 천주님께 바라는 희망으로 굳세어져
방황하지 않으렵니다.

원컨대 지극히 강력하신 저 십자가의 능력이 저에게 힘을
응결시켜 주시어, 제가 십자가에 못 박히신 예수님 외에는

다른 아무 것도 배우려 하지 않게 하시기를 빕니다.
저의 이 서원을 신부님의 기도로 굳혀주시고
완성시켜 주시기를 청합니다.

고마우신 신부님을 통하여 신학교의 모든 신부님들과
특히 바랑 신부님께 깊은 인사와 감사와 순종을 드립니다.

공경하올 사부님께, 지극히 비천하고 미약하며 순종하는 아들
최 토마스가 엎드려 절합니다.”

현재 한국천주교회는 최양업 토마스 신부를 ‘신앙의 증거
자’로서 교황청에 시복시성 청원을 하고 있다.

“내가 받은 소명을 옳은 곳에서 주님의 뜻을 잘 헤아려 사
용하도록 하겠습니다.” 바오로 사도가 말한 “우리는 하느님
께 피어오르는 그리스도의 향기입니다.”라는 말을 다시 생각
해 본다. 주님의 뜻은 내가 새로운 곳에서 많은 사람들을 위
해서 새로운 일을 하시기를 원하시는 것이 아닌가 생각했다.
이것이 내가 신에게 물었던 답이었나를 자문해 본다.

성소의 의미를 되짚어 본다. “성소란 하느님의 거룩한 부

르심이다. 넓은 의미의 성소란 하느님의 뜻에 따라 해당되는 삶의 길을 가는 것을 말하지만, 좁은 의미의 성소는 "성직자나 수도자로 부름을 받아 자신의 삶을 하느님의 영광을 위해 바치는 것"을 말한다.

제30회 하상신학원 선교사 · 교리교사증 수여미사 후 기념사진 (2024.02.02.)

꿈이 있어야 인생 2막을 시작할 수 있다

내가 처음에 새로운 직업을 가지기로 결심했을 때, 나는 나의 경제적인 이유로 '돈이 없이 돈을 벌 수 있는 직업'으로 '강사'라는 직업을 선택했다. 그렇다고 해서 강사를 마음대로 할 수 있는 것은 아니었다.

강의를 받으러 오는 사람에게 감동과 공감, 그리고 삶의 가치와 변화를 이끄는 것은 쉬운 일이 아니었다. 그러던 중 화성상공회의소에서 실시하는 '인문학습원'이 인문적 소양 함양 및 성공 비즈니스 지원을 위한 목적으로 수강생 모집을 하기에, 이것이 내가 바라는 강사로서 부족한 식견과 강의에 대한 갈증을 해결해 줄 것이라 생각을 해서, 신청을 하니 그 것이 바로 '인문학습원 12기'이었다.

'인문학습원 12기'는 나의 새로운 인생 2막을 여는 출발점이 되었다. 훌륭하고 멋진 12기 원우들과 함께 13주 과정을 힘차게 시작했다. 2022년 3월 초 개강식을 시작으로 김창범 부원장의 '선택이 주는 행복과 성공'이란 주제로 첫 번째 강의인 1강이 시작되었고, 매주 다양한 주제인 역사, 리더십, 감사 경영 등에 대하여 최고의 전문가와 명사를 강사로 모시고 강의가 진행되었다. 2강은 황금알 한의사로 유명세를 타고 있는 김오곤 한의사의 '100세 시대 건강 재테크'에 대한 강의가 있었다. 강의 내용 중 '생명을 지키는 체온 1도의 비밀'이 흥미로웠고, 질병이 보내는 전조 증상도 건강 상태를 살필 수 있는 중요한 체크 포인트였다. 쉽게 건강을 확인할 수 있는 '소변 색깔로 알 수 있는 질환' 내용도 관심있게 들었고, '노화 지연을 위한 세 가지 방법'과 아침 5분 생활 건강법도 많은 도움이 되었다.

3강은 신병주 건국대 교수로부터 '태종과 세종 – 창업과 수성의 리더십'에 대하여 강의가 있었다. 세종의 즉위는 태종의 작품이고, 세종은 조선 전기 민족 문화의 토대를 마련하였다. 세종의 농업, 의학, 과학의 성과가 15세기 자주적인 민족 문화 창조에 커다란 추진력이 되었다. 또한 세종은 폭넓은 인재 등용과 조직적인 공동작업 체계를 통하여 조선을 15세기 과학 강국으로 만들었다.

특히 제천에서 실시한 4월의 워크숍은 자연에서 진행이 되어 맑은 공기와 더불어 분위기가 고조되었고, 12기의 단합과 열정이 돋보였던 행사였다. 특히 회장단이 선출되어 본격적인 '인문학습원 12기'로서 활동이 가능해졌다. 조재현 원우가 회장으로 선출되어 열성적으로 12기의 발전과 화합을 위해서 일할 수 있는 계기가 되었다. 조재현 회장은 현재까지 열정적으로 리더십을 발휘하여 타 기수에 비하여 12기가 모범을 보이고 최상의 12기가 되도록 헌신하고 있다.

4강은 아주대 경영대학 조영호 교수가 '이제는 리더가 긍정바이러스를 전파할 때'라는 주제로 리더십에 대하여 강의한 것이 기억에 남는다.

리더는

첫째. 다름을 인정하고 장점을 보라.
둘째, 보상보다는 칭찬, 칭찬보다는 격려를.
셋째, 스스로 긍정멘탈을 만들어라.

5강은 강래경 위캔티엠 대표의 '혼자만 행복할 수는 없다'라는 주제로 강의를 했는데, 그중에서 3가지 유형인 Taker,

Matcher, Giver에 대한 설명이 마음에 와닿았고, 하이브리드시대, "유연한 조직을 만들자"와 "Push하지 말고 부드러운 개입을 뜻하는 Nudge하자"가 기억에 남았다.

6강은 '적정한 삶(appropriate life) 균형 잡힌 삶이 역량이 되는 시대'라는 주제로 아주대 김경일 교수가 강의를 해 주셨다. '행복하기 위해 사는 것이 아니라, 생존하기 위해 필요한 상황에서 행복을 느끼는 것이다.', '행복과 만족은 크기가 아니라 빈도다'라는 말이 인상적이었다.

7강은 '리더십 고전에서 이미 읽었다'는 김진혁 박사에 의해 진행되었고, 인문학이란? 인간이 그리는 무늬에 대하여 연구하는 학문이며, 문학, 철학, 사학을 말한다. 인문학의 방향에서 문학은 언어의 공장이고, 역사학은 경험의 공장이며 철학은 초월의 공장이다. 그리고 인문학의 필요성과 리더십 유형 등에 대하여 강의가 있었다.

8강 '행복한 마음경영'은 CnG교육코칭센터 이미경 대표가 강의를 해주셨다. 강의 주요 내용은 '행복은 어디에 있을까? 갈등과 스트레스 요인 다스리기, 내 감정의 주인 되기'였고 감사와 공감 생활화로 행복한 삶을 만들 수 있다고 했다.

9강은 '정조의 개혁 사상과 혁신도시 화성시의 정체성' 주제로 김준혁 교수로부터 강의가 있었다. 정조의 현실 의식에는 규장각 설치와 실학 인식이 있었고, 조선 중화주의와 민족의식을 고양했다. 개혁 정책으로 위민정치론과 신분제도 철폐 정책을 펼쳤다. 또한 탕평론을 통한 인사 정책으로 고른 임용을 통하여 관료제의 기강을 확립하였고, 개혁을 위한 친위도시인 화성을 건설하였다.

계속 진행된 강의인 10강에서 새로운 분야인 '오페라 속 인문학' 강의를 통해서 오페라와 뮤지컬의 차이점을 알 수도 있었고, 오페라의 역사, 오페라의 구성과 오페라를 제대로 즐기는 법, 마지막으로 클래식, 오페라가 말하는 삶과 경영의 지혜에 대해서 알 수 있는 귀중한 시간을 가졌다. 또한 11강은 우리 문자인 '한글'에 대하여 정재환 박사를 모시고 훈민정음 창제에 대한 과정에 대한 설명이 있었고, 훈민정음 창제의 역사, 사회적 의미를 알 수가 있었다.

훈민정음 창제의 역사. 사회적 의미는?
1) 고유 문자 창제로 언문불일치라는 1,000년 난제 해결.
2) 자주 정신의 구현-중국에 종속되지 않는 자주적 문자 생활 실천

3) 민본주의. 민주주의의 실천- 백성을 섬기고 백성과 나눈다.

4) 민중이 문자(언어)의 주인이 됨으로써 역사의 주체로 등장하게 된다.

5) 문자는 문명의 기초, 배우기 쉽고 쓰기 쉬운 문자로 지식, 정보, 문화의 광범위한 소통 가능

6) 한국의 역사는 훈민정음 창제 이전과 이후로 나눌 수 있다.

12강은 김해영 박사로부터 '사서오경과 세상 살리기' 강의가 있었다.

사서는 '논어', '맹자', '중용', '대학'의 네 경전이고, 오경은 '시경', '서경', '주역', '예기', '춘추'의 다섯 경서를 말한다. 사서는 원래 치자들을 위한 책이었고 '통치를 위한 기본서'로서 역대 제왕들의 교과서 역할을 담당하였고, 지도층의 사람들이 치세의 근본으로 삼아 항상 곁에 두고 읽었다. '대학'은 제왕의 학문으로 여겼고, 북송의 명재상이었던 조보는 '논어'를 논함에 있어서, '반 권의 분량만 가지고도 능히 천하를 다스릴 수 있는 책'으로 평가했다. '맹자'는 왕도정치의 근간을 논하는 성선설 등 세상을 리드하는 사람들은 결코 몰라서는 안 될 덕목들로 가득 차 있다.

논어에 나오는 네 가지 아름다운 덕에 대하여 공자가 이르기를 "공손하되 예(禮)가 없으면 수고롭고, 삼가되 예(禮)가 없으

면 두려워하게 되고, 용감하되 예(禮)가 없으면 너무 급하다. 군자가 친척에게 후하게 하면 민중들은 인(仁)에 흥기하고, 친구를 버리지 않으면 민중들의 인심이 각박해지지 않는다.” 예의 본질은 인이라는 것이다.

마지막 13강은 '와인 한잔의 인문학'이었다. 와인을 식사 시간에 마실 때 코스별로 식전주(발효성 와인인 스파클링 와인), 식사 중 와인(화이트, 로제, 레드와인), 식후주(스위트 와인)로 구분해서 마신다는 것도 처음 알았고, 와인의 역사, 와인 서비스, 와인 에티켓, 매너 등에 대해서 배웠고, 와인의 매력과 가치, 와인의 다채로움에 대해서 알 수 있었던 소중한 시간이었다.

와인의 다채로움은 어디에서?

1. 포도 품종 → 각 품종은 자기 특색
2. 생산지(기후)의 차이 → 맛의 차이
3. 매년 기후가 달라진다 → 매해 맛의 차이
4. 생산자(기술력, 철학)의 차이 → 품질 차이
5. 양조 기술의 차이 / 다양한 테크닉 → 개성 차이
6. 숙성 정도 → 숙성되며, 미감이 변화
7. 병 안에서~~ → 끊임없이 진화

이것으로 모든 강의가 끝나고 수료식을 가졌다.

'인문학습원 12기'는 수료 후에도 정기적으로 모여 지역 발전과 원우들 간의 친목 도모를 계속 유지하고 있고, 회사 발전을 위한 방법에도 원우 간 머리를 맞대고 좋은 아이디어 창출 및 상호 교환하고 있다.

그리고 인문학습원 강의는 우리에게 지식과 지혜를 안겨 주었을 뿐만 아니라, 강의 후에도 인문학습원 총원우회가 중심이 되어, 모든 선배 기수와 후배 기수가 혼연일체가 되어 지역 발전을 위하여 지속적으로 많은 행사에 열정적으로 참여하고 있고, 또한 원우들 간의 만남을 통해 모든 원우들의 성장과 발전을 위하여 활동하고 있다.

'인문학습원' 소개 중 인사말에 멋진 말이 있어 같이 나누려고 한다. "인생의 답을 인문학에서 찾다! 급변하는 세계정세와 경영환경 변화 속에서 우리 기업들이 경영상 애로를 해결하는 데 지금까지의 패러다임으로는 한계가 있습니다. 세상을 송두리째 바꿔놓은 스티브 잡스는 소크라테스와 한나절을 만날 수 있다면 애플이 가진 모든 기술을 주겠다고 했습니다. 애플과 스티브 잡스의 신화는 인문학이었던 것입니다. 이제는 경영의 답도 철학과 문학, 역사에서 찾는 시대가 왔습니다."

나에게 '인문학습원'은 내가 갖추어야 할 강사에 대한 나의 기준을 셋업할 수 있었던 소중한 시간이었고, 새로운 나의 인생 2막의 새 지평을 열어 준 멋진 무대였다.

화성인문학습원 12기 졸업여행(2022.06.24.)

실패에서 성공으로

내가 60평생의 인생을 살아오면서 수많은 일과 경험을 통하여 실패와 성공을 맛보았다. 입학시험에 떨어지는 것은 실패일까?, 운전 면허에 떨어지면 이것도 실패인가? 내가 의도하는 일이 마음대로 이루어지지 않는 것도 실패인가? 결국은 '발생한 일'을 어떻게 해석하고 삶에 유익하게 활용하느냐 아니냐에 따라서 성공과 실패가 나누어지는 것이라 생각한다.

그런데 이번만은 달랐다. 60 평생 노력과 고생을 해서 이룩한 부와 명성이 다 날아가 버렸고, 내가 절대로 원하지 않았음에도 많은 사람들에게 어려움을 주고 안타까움을 준 사실이다. 이것이야말로 바로 부인할 수 없는 내 인생의 실패작이었다.

이전의 실패는 마음이 언짢고 기분이 좋지 않았다 해도 다시 도전할 수 있는 기회가 주어지고, 인생에 그다지 큰 데미지를 주지는 않았지만, 이번의 실패는 인간 유창옥을 죽음으로 몰아넣고 더 이상 회생할 수 없는 어려움과 고통을 주었기 때문이다.

마음 놓고 제대로 숨을 쉴 수가 없었고, 아무런 삶의 의욕도 없는 허수아비 같은 인생, 바로 그것이었다. 실패를 만회할 수 있는 길은 없는가? 이 실패가 그냥 인생의 마지막 길까지 가는 열차인가? 나에게는 전혀 빛을 전혀 볼 수 없는 어둠의 터널만이 계속되는 암흑세계만 존재하는가? 또다시 성공이라는 단어는 나에게는 존재하지 않는 것일까? 많은 것들이 나를 상념에 빠지게 했다.

실패는 성공을 향한 여정에서 발생할 수 있는 장애물이라고 느낄 수 있지만, 목표를 달성하기 위한 중요한 디딤돌이 될 수 있다고 생각했다. 실패는 우리에게 무엇이 잘못되었는지, 어떤 결정이 잘못되었는지를 알려주고 실패로부터 얻은 교훈은 우리를 더 단단하고 현명하게 만들어 준다. 실패를 인정하고, 원인을 분석하고 긍정적인 마음을 유지한다면 실패는 성공의 길을 가는 필수적인 단계가 되리라 생각했다.

또한 하버드 비즈니스 리뷰 2011년 4월호에 게재된 Rita Gunther MaGrath의 'Failing by Design'글이 실패에 대한 새로운 관점을 부여했다.

실패를 딛고 일어나 성공한 사람의 특징은 실패에 그치지 않고 실패를 성공의 실마리이자 성장의 동력으로 활용한다는 것이다. 또한 성공을 위해 실패가 꼭 필요한 것은 아니지만 실패를 했다면 똑같은 실패를 하지 않도록 배움을 가져야 한다는 것이다. 실패를 실패로 두면 실패인 채로 끝나지만, 실패한 뒤에 같은 일을 반복해서 성공을 이루면 실패는 더 이상 실패가 아니다. 그때의 실패는 성공을 위한 과정이며 우리를 한 단계 발전시키는 성장의 밑거름이 된다. 우리는 실패에서 성장을 배워야 하며, 설령 실패를 했더라도 실패를 비난하고 질책하는 문화가 아니라 실패를 용인하는 문화를 만들어야 한다.

그리고 프랭크 베트커의 『실패에서 성공으로』라는 책에서 나오는 다음의 이야기가 나의 실패에 대한 실마리를 풀어 주었다. 거리에서 사탕이 담긴 손수레를 밀고 다니며 팔다가 나중에는 초콜릿으로 백만장자가 된, 밀턴 허쉬는 "왜"라는 단어가 인생을 바칠 만큼 중요한 말이라고 생각했다. 밀턴 허쉬는 마흔 살이 되기 전에 세 번 실패를 경험했다. "왜?"라고 그는 자신에게 질문했다. "왜 다른 사람은 성공하는데 나는 실패하는가?" 끈질기게 자신에게 질문을 해 가면서 그는 한 가지 이유에 도달했다. "모든 사실을 충분히 수립하지 않은 채 일을 진행했기 때문이다." 그날부터 88세로 사망할 때까지, 그의 인생은 완전히 "왜?"라고 묻는 일로 점철했다.

나의 "왜?"라는 답은 무엇인가? "아내의 말을 안 들어서"가 첫 번째 답이고, 두 번째로는 무모한 투자, 세 번째는 경영 능력이 부족해서인가? 네 번째 답은 한 가지에 집중하는 고집스러운 성격 때문이었는가? 마지막으로 "모든 것이 다 내 탓이다"로 귀결될 수 있겠다.

"그래 이번의 실패도 결코 끝이 아니고 새로운 시작의 기회가 될 수 있을 거야"라고 생각을 하고 성공에 대한 길을 찾기 시작했다. 성공의 비결에 대하여 월터 크라이슬러는 능력, 재능, 에너지 등과 같은 여러 가지 자질들을 나열했지만 사실상의 비결은 바로 열정이라는 점을 덧붙였다. 열정은 획득할 수 있는가, 아니면 선천적으로 타고나야 하는가? 물론 획득할 수 있다고 유명한 보험 세일즈맨이었던 스탠리 게티스가 말했다. 나도 열정적으로 새로운 일인 강사란 직업에 도전한다면 희망이 있겠다 생각했다.

용기란 두려움이 없는 상태가 아니라, 두려움을 극복하는 것이라 한다. 아래의 랄프 왈도 에머슨의 시 "성공이란 무엇인가"를 읽으면서, 나도 용기를 내어 새로운 성공을 꿈꾸어 본다.

<성공이란 무엇인가?>

랄프 왈도 에머슨

자주 그리고 많이 웃는 것
현명한 이에게 존경을 받고
아이들에게서 사랑을 받는 것

정직한 비평가로부터 찬사를 듣고
친구의 배반을 견뎌내는 것
아름다움의 진가를 알아내는 것
다른 이들의 가장 좋은 점을 발견하는 것

건강한 아이를 낳든,
작은 정원을 가꾸든,
사회 환경을 개선하든,

세상을 조금이라도 더 좋은 곳으로 만들고 떠나는 것

당신이 살아 있었기 때문에

단 한 사람의 인생이라도 조금 더 쉽게 숨 쉴 수 있었음을

아는 것

실패에서 성공을 맛보기 위해서 아니 성공을 성취하기 위해서 반드시 나는 두 번의 쓰라린 실패자가 되지 않기 위해서 실패를 인정하고, 미래에 초점을 맞추어 혼신의 힘을 다할 것을 다짐해 본다.

부활을 꿈꾸며(이선옥 아녜스 작품)

펼쳐보지 못한 꿈

아마도 내가 고등학교에 다닐 때인 것 같다. 신문에서 성경을 여러 나라 언어로 읽을 수 있는 분이 있는데, 거의 8개국의 성경을 읽을 수 있고 더 나아가 10여 개국 이상의 언어로 된 성경을 읽는 것을 목표로 한다는 기사를 접했고, 그 기사 내용에 자극을 받아, 나도 외국어로 그분과 같이 성경을 읽겠다는 꿈을 가졌었다. 그때부터 나의 꿈은 자연스럽게 7개국 외국어를 배우는 것이었다.

그렇게 하여 그러한 "7개국 외국어 배우는 꿈"이 나의 무의식 속에 내재되어 있는지 몰라도 외국어를 배우는 것을 열심히 하는 나를 발견할 수가 있었다. 영어 단어를 외우기 위하여 조그만 수첩에 단어와 뜻을 적어 길을 가나 버스를 타나 단어를 외웠고, 대학에 진학해서도 제2외국어인 독일어를 배우는 일에 열중했고 방학 기간 중 특강 시간에는 일본어를 신청해서 공부하는 열의를 보이기도 했다. 또한 복학을 앞둔 1980년에도 외국어 학원에서 세일즈 엔지니어를 꿈꾸며 열심히 영어 회화를 배웠다. 기아 자동차에 입사 후에는 전 세계에 있는 모든 바이어를 상대하다 보니 중국어와 스페인어도 조금씩 할 수가 있었다. 더욱이 도미니카에 4개월 장기 출장을 가게 되니 그곳에서 사용하는 스페인어도 익힐 수 있었고, 기아자동차 다니는 동안에 60-70개국 출장을 다니다 보니 현지어를 단 몇 마디라도 배워서 하려고 노력을 하니 더욱 더 현지 방문이 흥미로워지고 재미있는 여행이 될 수 있었다.

특히 해외 여행 중에서 기억에 나는 것은 40여 년 전 나의 첫 번째 외국 출장이었던 도미니카였다. 도미니카는 카리브해 히스파뇰라섬의 동쪽 2/3를 차지하는 나라이고 1492년 콜럼버스에 의해 발견되어 스페인의 지배를 받다가, 1795년 프랑스에 이양된 이후 프랑스령인 아이티에게 수차례 점령을 당하였고 1844년 완전한 독립을 이루었다. 주 생산품은 사탕수수, 커피, 바나나 등 농산물이다. 처음 여행이기도 했지만 내가 리더로서 간 여행이 되다 보니 많은 긴장과 더불어 아주 오랜 시간 여행한 것으로 기억된다. 김포에서 미국 뉴욕을 거쳐 마이애미에서 도미니카 수도인 산토도밍고에 도착하는 경로로 비행 시간만 거의 30시간 이상 걸렸다. 두 번째로는 이집트 여행 시 나일강에서 밤에 케밥을 먹으면서 배를 타던 것과 오스트리아 여행 시 언덕 위에서 바라본 밤하늘 별이 온 세상을 덮었던 기억이 나고, 다음에는 방글라데시 여행 시 파업으로 인하여 갑자기 비행기 운행이 취소되면서 벌어진 일들도 기억에 많이 난다. 뭐니 뭐니 해도 가장 기억이 나는 순간은 2001년 발생된 미국 뉴욕의 110층짜리 세계무역센터(WTC) 쌍둥이 빌딩의 북쪽 건물 상층부에 비행기가 충돌하여 수많은 희생자를 낸 9.11테러로 인하여 캐나다에서 미국을 들어가지 못하고 오랜 기간 호텔에서 공항을 오가며 헤매였던 기억도 이제는 하나의 추억이 되어 버렸다. 우리는 여행을 통하여 방문국의 다양한 문화와 전통도 익힐 수 있다. 또한 우리와 다른 나라 방문을 통하여 새로운 사람을 만나고 새로운 곳을 갈 수 있다. 그리고 각 나라만이 가지고 있는 웅장한 자연과 멋있는 풍경을 즐길 수 있다. 현지어를 하면 더욱 실감나게 여행을 즐길 수 있다고 생각 든다.

그러나 외국어를 배우고 마스터하는 것은 생각보다는 쉽지가 않다. 정말 뼈를 깎는 "각고의 노력"이 필요하다. 단어를 외우고, 문법 체계를 이해하고 상대방의 말을 이해하고 답을 하는 것은 더욱 어려웠다. 실제로 비즈니스로 협상을 할 때는 단어 하나 하나가 중요했고, 듣기가 안 되면 미팅 결과에 영향을 줄 수가 있어서 더욱더 신경이 쓰이는 일이었다. 그러므로 끊임없이 외우고 연습하고, 쉼 없이 공부하는 수밖에 없었다.

회사에 근무할 때나, 사업을 할 때에도 외국어 공부에 대한 나의 꿈은 없어지지 않았고, 시간이 날 때마다 조금씩 조금씩 공부를 해 나갔다. 그러나 그렇게 공부를 해서는 완벽한 외국어 습득은 불가하다. 지금 영어와 일본어는 유창하게 구사할 수 있고 중국어, 스페인와 독일어는 인사말 및 간단한 회화를 할 수 있는 수준이다. 모든 것을 다 잃고, 실망 속에 빠져 있을 때에도 내가 중단 없이 하고 있는 것이 외국어 공부이다. 만약 외국어 공부에 대한 꿈이 없고 목적이 없었으면 나의 어려운 생활은 더욱 고달팠을 것으로 생각든다. 외국어 공부를 할 때에는 활력이 생기고 눈이 반짝인다. 지금도 인근 도서관에 가서 3주 간격으로 관련 외국어 회화책과 CD를 빌려 공부를 하고 있다. 비록 예전과 같이 외우는 것이 쉽지는 않지만, 언제인지는 모르지만 끊임없이 죽을 때까지 공부를 할 계획이다.

나의 꿈인 7개국어를 구사하는 것은 아직도 중단되지 않았고,

올해 안으로 나머지 2개국어인 프랑스어와 러시아어도 도전할 계획이다. 어려움은 있겠지만 나의 꿈이 있는 한 가능하리라 생각한다. 꿈은 우리에게 삶의 활력을 불어넣어 주고, 어려움을 이겨낼 수 있는 힘을 주고, 더 나은 세상을 만들 수 있는 원동력이 되고, 또한 삶의 의미를 갖게 해 준다.

외국어를 배우는 목적은 다양하다. 시험이나 승진을 위해서 배우거나, 해외여행을 가기 위해서 배우는 분도 계시고 치매나 알츠하이머병 예방에 도움이 된다고 해서 배우는 사람도 상당히 많다. CNN이 보도한 외국어 공부가 뇌에 좋은 이유로 캐나다 토론토의 요크대 엘렌 비알리스토크의 연구가 있다. 이 연구에서는 두 개의 언어를 구사하는 사람은 하나만 구사하는 사람보다 알츠하이머병의 진단이 4-5년 늦다는 사실이 확인되었고, 이중 언어를 사용하면 뇌가 효과적으로 재구성되고 이중 언어를 사용한 경험이 많고 길고 강할수록, 또 일찍 시작할수록 뇌에 더 큰 변화가 일어난다. 이중 언어를 사용하면 뇌가 더 열심히 활동하는 만큼 더 잘 회복된다. 뇌 운동을 할수록 뇌가 더 많은 걸 배우고 유연성을 유지할 수 있는 능력이 커진다. 또한 뇌 활성화를 위해서 많이 자고 열심히 운동하고 잘 먹는 것도 중요하다.

성인이 되어 외국어를 학습하면 평소 사용하지 않던 뇌 부위를 사용하게 되고 인지 예비능이 커질수록 치매에 걸릴 위험성이 낮아진다고 할 수 있다. 인지 예비능을 키우는 가장 효율적인 방법이 외국어 학습이다. '인지 예비능'은 뇌에 나타나는 병적 변화를 더 잘 견디고 기능을 유지하게 해주는 뇌의 '예비적인 능력'을 일컫는 말이다.

외국어를 배우면 좋은 점으로 첫째, 유아 영어 교육을 통해 새로운 언어를 배우게 되면 문장의 구조와 순서의 기억을 맡고 있는 뇌 부분이 더욱 활성화되어 인지력 및 기억력이 더욱 발달하게 된다. 둘째, 다른 문화의 언어를 경험하면서 향후 글로벌 인재로 성장하는 밑거름이 된다. 셋째, 지역과 전문성에 따라 다르겠지만 직업 선택이 다양해진다. 넷째, 뇌에 끊임없이 새로운 자극을 줌으로 뇌 기능이 향상된다.

많은 분들이 나의 "7개국 외국어 도전에 자극"을 받아, 지금부터라도 영어 등 외국어 공부하는 데 시간을 할애하시기를 바란다. 우리는 할 수 있다. 가능하다고 생각하면 할 수 있고, 만약 우리가 불가능하다고 생각하면 불가능할 것이다. 모든 분들이 "I can do"를 소리쳐 외치기를 염원해 본다.

나도 어려서부터 꿈을 키워왔던 7개국 언어 도전을 계속적으로 하여 해당 국가의 문화도 체험하고, 현지인들과의 대화를 통해 깊이 있는 문화적 체험을 하고, 나이가 들어도 꿈을 가지고 실천을 하면 가능하다는 "I can do" 정신을 전파하고 싶다. 그리고 나의 펼쳐보지 못한 꿈을 죽기 전에 이루고 싶다.

7개국어 마스터를 위한 꾸준한 공부

희망 디자이너가 되다

나에게는 '희망'이라는 단어가 있을까 하고 수많은 밤을 눈물로 지새웠던 나였기에, 육체적이든 정신적으로든 아무런 의욕이 없이 삶의 의미를 송두리째 뽑혀 버린 나였기에 더욱 그랬다. 또한 살아야 하는 이유를 찾지 못했던 내가 건강을 회복하고, 꿈을 찾고, 남은 인생에 희망을 걸면서 나의 인생의 새로운 전기를 맞이하였다.

수십억의 돈을 날리고 이제 아무런 일을 할 수 없는 경제적 식물인간이 된 내가 할 수 있는 일이 무엇이 있을까 수없이 고민에 고민을 거듭하면서 새로운 인생의 진로를 찾기 시작했다.

'그래 돈은 없다' '돈 없이 할 수 있는 일은 무엇일까'하는 거기에서부터 나의 앞날을 열 방향키를 결정하기로 했다.

일용직, 경비원, 아니면 앞으로 백 세 인생이라는데 몇십

년은 할 수 있는 직업을 구하는 것이 바람직한데. 많은 사람들은 아니 목구멍이 포도청인데, 입에 풀칠이라도 해야 되는 것 아니야 하면서 비난도 하고 손가락질도 하는 것을 참으면서도, 나는 인터넷을 통해 수없이 찾고, 지인들에게 조언을 구해 보기도 하고 해서 최종적으로 결정된 것이 돈 없이 순순히 나의 능력을 키워서 돈을 벌 수 있고 능력만 갖추면 나이가 많을 때까지도(죽을 때까지) 할 수 있는 강사라는 직업이었다. 강사? 어떤 분야의 강사를 하여야 할지 나의 능력과 전문 분야를 고려해서 결정해야 하는 것이 아닌가.

우선적으로 나의 나이에도 맞을 수 있고, 앞으로 늘어나는 실버 층을 겨냥한 웃음 치료와 웰다잉 교육 그리고 법정 교육 등을 생각하고 가장 나의 꿈을 이루어 줄 교육기관을 인터넷으로 찾았다. 한국웃음치료연구소 조정문 대표가 내가 꼼꼼히 검토한 결과 가장 이상적인 교육기관의 수장이었다. 역삼동에 있는 강의장을 찾고 그날부터 나의 새로운 길이 시작되었다. 하하 호호부터 남 앞에서 웃음을 팔고 웃음을 만드는 일에 누구보다도 적극적으로 임하고, 신나는 노래에 미친 듯이 춤을 추는 것도 수백 번 연습을 통해 나의 것으로 만들었고, 교육장에서도 항상 첫 번째로 손을 들어 앞장서 시범을 보이고, 남들 앞에서 안되는 율동을 해가며 창피함도 무릅쓰고 노래와 더불어 춤도 추어가면서 나의 웃음 치료 교육은 시간이 흘러가면서 익숙하게 되었고 보조강사로도 나가고 항상 자신감을 가지고 무대에 섰다. 웰다잉 교육, 법정 의무교육 등 수많은 교육을 받았고 하나하나 나의 교육에 대한 이력을 쌓기 시작했다.

시간이 흘러 한국심리상담전문학회의 정정임 교수를 만나 도형 심리에 대한 새로운 분야를 개척했고, 도형으로 사람의 마음을 읽고 내담자의 기질적 특성과 성격적 특성, 그리고 심리 상태를 파악하여 내담자를 이해하고 긍정적인 방향으로 자아실현을 도울 수 있는 학문에 임하게 되고, 그것을 통해 많은 기관과 단체에서 조직 활성화를 위한 소통 공감 강의를 여러 차례 할 수 있었다.

도형 심리 유형 검사의 특징으로는 4가지 도형을 가지고 기질론을 바탕으로 심리를 진단하고, 상담에 거부 반응이 없이 누구나 재미있게 대응할 수 있고, 내담자의 심리 상태를 1분 이내에 진단이 가능하다. 또한 성격의 장단점과 사고 및 행동 양식을 파악하고, 학업과 직업의 적합성과 진로 선택에 도움을 줄 수 있으며 의사소통과 대인관계 능력을 향상시키는 데 효과적인 도움을 줄 수 있다.

명강사가 되기 위하여 많은 도전과 노력을 하던 중에 한국강사진흥원의 김순복 원장님을 만나게 되었고, 나의 멘토로 모시게 되었다. 명강사 교육과정 속에서 교육을 받던 중 김순복 원장님의 '변화디자이너'에 착안을 얻어서, 나의 머리를 빠르게 스쳐 지나가는 것이 있었다. 무릎을 탁 치면서 그래 바로 이것이야 '희망 디자이너', 내가 희망이 없고 절망 속에 빠져있었고, 내가 찾은 희망을 많은 사람들에게 골고루 나눠주고 싶은 마음이 강렬하게 피워 올랐다. 그때부터 나는 희망디자이너가 되었다. 나는 큰 소리로 언제나 외치고 있다. '희망 디자이너 유창옥입니다.' 이제는 "희망 디자이너하면 유창옥, 유창옥하면 희망 디자이너"가 되었다.

희망 디자이너가 나의 대표적인 타이틀이자 멋진 트레이드 마크가 되었다.

내가 좋아하는 '희망'시를 읊어 본다.

희망

바람에

쓰러지고

뙤약볕에

말라가던

여린 풀잎 위로

흘러가던 구름이 건네준

작은 빗물 한 방울

그것이 희망이었다.

지금 네가

건네는

따뜻한 말 한마디

지친 사람들에겐

그것이

희망이다.

희망 디자이너인 유창옥에게 이제 큰 짐이 지워졌다. 왜냐
하면 희망 디자이너답게 살아야 하는 책임감과 더불어 사명
이 생겼기 때문이다. 헬렌 켈러의 다음의 말이 나를 더욱더

희망 디자이너가 될 필연성으로 이끌었다. 그녀의 말은 "희망은 사람을 성공으로 이끄는 신앙이다. 희망이 없으면, 아무것도 성취할 수가 없으며 희망없이는 인간 생활이 영위될 수 없다."

나는 바로 지금부터 내가 진정한 행복을 전해줄 수 있고, 나로 인해 위로와 삶의 의미를 찾고, 많은 사람들에게 기쁨과 희망을 주는 '희망 디자이너'가 되기를 다짐해 본다.

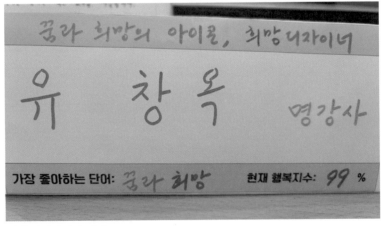

희망 디자이너가 되다

명강사를 꿈꾸다

경제적 식물인간이 되어 아무런 희망도 없고 살아낼 힘도 없을 때, 이 어려움을 헤치고 사랑하는 가족을 위해서 새로운 제2의 삶을 살아야겠다는 결심을 할 때, 나에게 불현듯 뇌리를 스쳐간 생각은 바로 "강사라는 직업"이었다. 어떻게 보면 이유는 단순했다. "돈 없이 돈을 벌 수 있다는 생각"이었기 때문이다. 그러나 강사가 되는 일이 생각보다 쉽지가 않았다. 우선 강의할 분야를 정하고, 분야를 정한 다음에는 강사를 양성하는 올바른 교육기관을 찾는 것이었다. 더욱이 나의 입장이 강사로서 시작하기에는 좋은 조건은 아니었다. 늦은 나이, 충분치 못한 강사 전문성, 빠르게 변화하는 강사 세계에서 버티고 살아 낼 수 있는 순발력과 적응력, 하나같이 나에게는 버거운 것들이었다.

강의 분야를 정한 후, 인터넷을 통하여 웃음 치료 및 실버 전문 교육기관을 방문하고, 등록한 후에 강의를 수강하였지만,

강사가 되기 위한 실력과 능력을 갖추는 것은 오로지 나의 힘과 노력에 달린 것이었다. 강의 시간에는 강사가 설명할 때 잊어버리지 않기 위해서 율동과 강의 내용을 열심히 적고 메모하고 따라 했고, 집에 와서도 잊어버리지 않기 위해서 복습을 하면서 반복적으로 연습을 했다.

그러나 공부를 해 가는 과정 속에서 나에게 "왜 강사가 되려고 했고, 어떠한 강사가 될 것인가?"에 대하여 나 스스로에게 끊임없이 물었다. "그래, 강사가 되려면은 많은 사람에게 도움을 줄 수 있고 쓸모가 있는 '명강사'가 되야지" 하면서 의지가 결연한 대답을 하곤 했다. 명강사? 그럼 '명강사란 무엇인가?'에 대한 고민과 나름대로 정의를 다음과 같이 내려 보았다.

명강사는 "강의나 강연에서 우수한 능력과 실력을 지닌 사람으로서 그들은 자신의 분야에서 전문성과 지식을 갖추고 있고, 그들의 강의는 교육적, 영감적, 동기부여적이며 유익한 정보를 제공하고, 이들은 학생들이나 청중들을 대상으로 하여 자신의 경험과 지식을 공유하고, 그들의 학습과 발전에 도움을 주는 역할을 하는 사람이다. 또한 명강사는 학문, 경영, 예술, 문학, 인문학 등 다양한 분야에서 나타날 수 있으며, 강의를 듣는 이들에게 큰 영향을 끼치는 사람이다."

그다음 단계로 명강사가 되기 위해서 해야 할 일, 또는 명강사가 되기 위해서 준비해야 할 것에 대하여 생각을 해 보았다.

최고의 명강사가 되기 위한 방법

첫째, 전문성을 쌓는다: 명강사가 되기 위해서는 먼저 자신이 강의하고자 하는 분야에서 전문성을 갖추어야 한다. 이를 위해서는 꾸준한 학습과 연구가 필요하며, 최신 동향과 연구 결과를 항상 살펴보는 습관을 가지는 것이 중요.

둘째, 강의 기술의 향상: 명강사가 되기 위해서는 강의 기술을 지속적으로 향상시키며, 이를 위해서 다양한 강의 방법을 시도하고, 학생들의 피드백을 수집하여 자신의 강의 방법을 지속적으로 개선하는 것이 필요.

셋째, 학생들과의 소통 강화: 명강사로 성장하기 위해서는 학생들과의 소통이 매우 중요하다. 학생들의 관심사와 필요에 따라 강의 방식을 조정하고, 학생들이 이해하기 쉬운 방식으로 강의를 전달하는 것이 필요.

넷째, 창의적이고 유연한 강의 전개: 명강사로 성장하기 위해서는 창의적이고 유연한 강의를 전개하는 것이 필요하다. 예를 들면, 다양한 시각적 자료나 사례를 활용하여 학생들의 이해를 돕는 등 창의적인 강의 전개 방식을 적극적으로 시도하는 것이 필요.

다섯째, 자기 계발에 노력: 명강사가 되기 위해서는 자기 계발에 노력해야 하며, 이를 위해서는 다른 강사들의 강의를 지속적으로 들으며, 강의 관련 서적을 읽으면서 자신의 강의 기술과 전문성을 지속적으로 개발하는 것이 필요.

이렇게 명강사가 되는 방법에 대하여 알아보았는데, 그럼 명강사가 되면 좋은 이유는 무엇일까에 대하여도 생각을 해 보았다.

명강사가 되면 좋은 이유

첫째, 영감을 줌: 명강사는 학생들에게 열정적으로 자신의 분야를 가르치고, 자신이 가진 지식과 경험을 공유함으로써 영감을 줄 수 있다. 이렇게 하여 학생들에게 학습 동기 부여와 자신감 향상에 큰 도움을 줌.

둘째, 선도적인 역할 가능: 명강사는 자신의 분야에서 선도적인 역할을 하고, 더 나은 방향성을 제시할 수 있다. 이는 학생들이 더 나은 성과를 이룰 수 있도록 돕는 역할을 한다.

셋째, 높은 수준의 지식과 기술을 가짐: 명강사는 자신의 분야에서 높은 수준의 전문 지식과 기술을 가지고 있으며, 이를 학생들과 공유함으로써 학생들의 학습 경험을 향상시킬 수 있다.

넷째, 사회적 영향력 발휘: 명강사는 학생들의 삶을 바꾸는 일을 하고 있기 때문에 사회적 영향력을 미칠 수 있다. 명강사가 가르치는 내용은 학생들의 인생에 큰 영향을 미칠 수 있다.

마지막으로 경제적 보상을 받음: 명강사는 높은 지위와 인기를 얻고, 높은 연봉을 받을 수 있다. 또한 저서나 강의 등의 자료를 출판하거나 인터넷 강의를 통하여 추가적인 수익도 가능하다.

모든 명강사에 대한 내용을 보니, 반드시 명강사가 되어야겠다는 목표와 욕심은 생기는데, 문제는 어떻게 내가 명강사가 될 수 있을까였고, 강사가 되겠다는 꿈을 60대 중반에 가진 사람에게 방법은 무엇이고, 그 꿈은 과연 이루어질까였다.

비록 많은 사람들이 "나이 70에 강사를 하면 누가 들어 줄까"하고, 물론 그것에 대하여 일부 인정도 했고, 현실적으로도 강의안 작성 및 빠른 적응력에 내가 부족하다고는 느끼지만, 헨리 포드가 말한 "할 수 있다고 생각하면 할 수 있고, 할 수 없다고 생각하면 할 수 없다"라는 말을 상기하며 나는 생각을 달리했다. 나는 일반적으로 그렇지만, 나 나름대로 열정이 가미된 강의 기법과 내용이 뒷받침해 준다면 가능성이 있다고 반박했다. 그러기 위해서는 남보다도 몇 배 피나는 노력과 정성이 필요했다.

명강사가 되기 위한 나의 노력은 우선 명강사 양성 관련 강의를 듣는 것으로 시작하여, 꾸준히 하나 하나 한 걸음을 떼기 시작했다. 웃음 치료 및 실버 강의에서 보조 강사가 필요할 때는 제일 먼저 신청을 하여 시범을 계속 보였고, 누구보다도 힘차게 몸을 흔들며 리듬을 타고 율동을 익히기 시작했다. 처음에는 부끄럽기도 하고 창피하기도 하였지만 나에게는 그런 사치스런 생각과 행동을 할 시간이 없었다.

이창호 대한명인의 명강사에 대한 다음의 설명이 명강사의 정의를 내리는 데 도움이 됐다. "명강사의 강의란 사람이 성장할 수 있도록 가장 효과적으로 조력하는 성스러운 과업이며, 그 성스러운 과업을 수행하는 사람이 바로 명강사의 직업이다. 사람이 성장할 수 있도록 돕는다는 것은 그 사람의 '인생의 스승'이 됨을 의미한다. '인생의 스승', 어떤 사람을 인생의 스승이라 할 수 있을까? 더러는 세상을 살아가는 지혜와 온갖 고난과 역경을 헤치고 다양한 활동을 통해 목적지에 대해 정확히 알고, 또 값진 교훈과 소중한 가르침을 삶을 통해서 직접 체화한 사람이다."

우선 실력을 갖추는 것이 시급했다. 자신있게 나의 생각을 전달하고 청강생들에게 공감을 주면서 재미있는 강의를 하는 것이 중요하다고 생각을 하여 거기에 초점을 맞춰 공부를 했고 강의 준비를 했다. 여러 가지 형편상 강의를 할 기회는 그리 많지는 않았지만 최선을 다해서 강의안을 만들고, 많은 연습을 통해서 좋은 강사가 되기를 노력해 왔다. 나는 결코 불가능을 생각하지 않는다. 명강사가 되는 것이 험하고 험할지라도 명강사에 대한 꿈을 절대로 버리지 않겠다.

나의 명강사에 대한 도전은 아직 진행형이다. 명강사로서 역할을 다하기 위해 필요한 지식과 내용을 습득하고, 감동과

공감을 주면서 삶에 가치와 변화를 안겨주는 그런 명강사가
되기 위하여 피땀을 흘려가며 성공하겠다는 의지를 불태운다.

명강사를 꿈꾸다

웃으며 살리라

웃으며 살리라

모든 것을 다 잃은 후에 내 얼굴에 웃음이란 단어는 사라져 버렸다. 물론 그런 상황에서 웃음이 나온다는 것은 미치지 않고서야 당연히 나올 수가 없는 것이 자연스러울 것이다. '웃을 일이 있어야 웃지'하면서.

어느 정도 살 만해야지, 아니 어느 정도 숨 쉴만해야지, 그러다 보니 아내나 나는 항상 경직되고 여유가 없는 생활을 할 수밖에 없었다. 아니 신경이 곤두서서 말 한마디에 분위기가 싸해지곤 했다.

이제 빈곤한 삶에 어느 정도 익숙해지니, 그것보다는 우리 스스로가 어려운 환경에 적응하려고 노력했다. 이제 바닥까지 왔는데, 더 이상 내려갈 곳이 없는 지경까지 오다 보니 우리의 생각과 행동은 편안해 지기 시작했고, 이제는 웃으려고 노력했다. 조그만한 일에도 웃으려고 했고, 되도록 크게 소리 내어 웃음을 지었다. 우리 부부는 웃음을 통하여 감사를 배우고 웃음을 생활화 했다. 우리의 마음 상태는 조금씩 나아지게 되었다. 그리고 새로운 인생 2막을 시작하는 직업으로 강사를 선택하고, 가장 쉽게 강의 전선에 나갈 수 있고 급속도로 늘어나는 실버 층을 겨냥하여 웃음치료를 선택함으로써 의도적이든 가식적이든 자연스럽게 웃음과 친해지게 되었다.

웃음 치료 공부를 좀 더 심층적으로 하다 보니 정말 '웃으면 복이 온다'라는 말이 마음속 깊이 다가오는 것 같았고, 웃음은 우리의 성장과 성공을 견인하고 꿈을 성취하는 데 일등공신이 되고 있는 것 같다.

우리는 평생 얼마만큼 웃을까? 어린아이들은 하루 평균 300-500번 정도 웃고, 성인들은 하루 평균 7-15번 정도 웃는다. 10번을 웃는 데 걸리는 시간은 5분도 안 걸리고, 70년을 산다고 가정해서 하루 5분간 웃으면 겨우 88일 밖에 웃지 않는다.

미국의 시간관리 전문가인 마이클 포티노씨가 수백 명을 대상으로 평균 70세를 산다고 가정할 때의 시간 사용 행태에 관한 조사를 했는데, 먹고 자고, 줄을 서는데 43년이 되며, 잠자는 시간은 23년, 일하는데 26년, TV앞에 앉아 있는 시간은 7년, 먹는데 6년, 그리고 양치질하고 씻고 화장실 가는데 3년반, 근심 걱정하는데 6년 7개월 정도의 시간을 보낸다고 한다.

하루에 15초 웃으면 이틀을 더 산다는 연구 결과가 있다. 또한 웃음의 회수는 삶의 질과 비례하고, 많이 웃는 사람이 웃지 않는 사람보다 행복하다는 조사 결과가 있다. "일소일소 일노일노" 한 번 웃으면 한 번 젊어지고 한 번 화내면 한 번 늙어진다는 이 말은 웃음 횟수가 얼마나 중요한지를 보여준다.

웃음 효과를 알아보면 억지로 웃는 웃음도 진짜 웃음과 효과가 똑같다고 한다. 그 이유는 우리 뇌는 가짜 웃음과 진짜 웃음을 구별하지 못하고, 진짜 웃음이든 가짜 웃음이든 일단 웃음보가 자극을 받으면 우리 몸은 상상을 초월하는 변화를 가져온다. 진짜든 가짜든 한번 큰소리로 웃으면 15개 정도의 작은 안면 근육이 격렬하게 움직여 안면 신경과 힘줄의 유연성을 놓여 줌으로써 얼굴 형태을 자연스럽게 만들어 주어 자연 미인을 선물하기도 한다.

또한 웃으면 입속 침의 분비량도 많아지고 각종 세균의 증식을 막아주면 구취도 예방한다. 그리고 심장을 안정시켜 심박수와 혈압을 정상치로 되돌려 놓고, 스트레스와 분노, 긴장을 완화시켜 심장마비와 같은 돌연사도 예방하며 순환기관과 소화기관, 근육의 긴장도 완화시켜 마음의 평정을 찾게한다.

"15초 이상 실컷 웃어 보라. 우리 뇌는 우리에게 좋은 일이 일어난 것으로 착각하게 되고 당신을 기분 좋게 만들어 줄 것"이라고 한다. 최근 연구에 의하면 15초 동안 웃는 것을 운동과 비교하면 5분 동안 에어로빅을 하는 것과 같은 효과가 있고, 쾌활하게 웃을 때 몸 속의 650개 근육 중에서 231개가 움직인다고 한다.

계속적으로 웃음 치료 공부와 강의를 하다 보니 웃음이 많아지고, 의도적으로 아내와 약속이나 한 듯이 웃음을 생활화하는 그런 영향으로 자연스럽게 집안 분위기도 좋아지는 것 같다. 물론 신앙 생활 속에서 죽을 수밖에 없는 상황에서도 살 수 있는 현재의 평화로움을 주신 것에 대한 감사도 한 몫을 하고 있고, 집이 좁아 침대에서 내려올 때 아내의 몸이나 발을 밟으며 아파하면서도 웃음을 짓고, 화장실이 하나이여서 급할 때 발을 동동 구르며 참으면서도 웃음을 띠고, 그리고 현재의 상황을 받아들이고 인정하는 것도 마지막 웃음의 선물을 받은 주요한 요인인 것 같다.

앞으로 어떠한 일이 발생할지, 아니면 지금보다 더 어렵고 힘든 상황이 온다 할지라도 우리는 날마다 웃고, 감사하고, "웃음이 최고의 약이다"라는 속담대로 '웃으며 살리라'라고 다짐해 보면서 앞으로의 희망이 있기에 희망을 노래한다.

희망의 증거가 되다

죽음의 문턱까지 갈 만큼 최악의 상황에 놓여 있던 내가 선택할 수 있던 일은 그다지 많지 않았다. 내게 주어진 재판 관련 공적인 일 이외에는 자발적으로 뭔가를 하는 일이 전혀 없었고 내가 원하지는 않았지만 나의 몸과 마음은 전장에서 져 아무런 희망이 없는 포로와도 같았다. 다시 말해 삶의 목표와 의미가 나에게 하나도 남아있지 않았다.

하루하루를 어떻게 살아갈 것에 대한 경제적 걱정, 돈 문제로 나의 마음은 더욱 무거워졌고, 걱정과 번민으로 잠 못 이루는 밤을 매일 맞이하면서 그런 나의 현실에 걱정을 하고 무기력해진 나를 질책하고, 지나간 일들에 대한 후회로 이어갔다. 나의 건강은 점점 나빠져만 갔다. 이러한 상태에서 그냥 이렇게 살아간다면 나의 미래는 어떻게 되고, 어려운 상황에서 아무런 희망 없이 목적 없이 살아간다면 나의 인생은 어떻게 될까? 그냥 숨만 쉬는 정도의 삶, 어쩔 수 없어 죽지 못해 살아가는 인생. 아무런 의욕도 욕심도 남아 있지 않게 된 지금 이 순간을 계속 가지고 가야 하는지 반문했다.

가족의 사랑을 받고 친구들과 지인들의 격려를 받아 많은 사람의 도움을 받아, 나는 희망을 찾게 되었다. 마치 올리버 골드스미스가 말한 "희망은 밝고 환한 양초 불빛처럼 우리 인생의 행로를 장식하고 용기를 준다. 밤의 어둠이 짙을수록 그 빛은 더욱 밝다"처럼.

힘든 환경에서 내가 살아갈 새로운 인생 2막을 찾기 위해 노력했고 그 결과로 "돈이 없이 돈을 벌 수 있는 강사"에 도전했다. 처음부터 마치 어린아이가 걸음마를 배우듯이 한 걸음 한 걸음 걷기 시작했다. 강사 분야로 정한 웃음 치료와 실버레크레이션에 적합한 교육 기관을 알아보고, 등록을 하고 매주 한 번도 빠지지 않고 재수강을 하면서 능력을 키우고, 나의 가능성을 키워나갔다. 누구보다도 솔선수범하여 실습에 임했고, 부끄러움을 뒤로 한채 무조건 손을 들고 앞에 나가 많은 수강생 앞에서 율동을 했다. 나이가 들어 따라 하기가 어려웠지만 한 번, 두 번, 수십 번이라도 따라 하면서 익혀나갔다.

강의를 보다 다양하게 하기 위하여 웰다잉, 법정의무교육, 도형 심리 등까지 확대했고 도형 심리 공부를 보다 심층적으로 하기 위해 한국심리상담전문학회로부터 체계적으로 공부를 하여 심리상담사 1급과 심리상담전문가 자격증을 획득하였다. 또한 앞으로 상담 업무를 실천할 수 있는 '유창옥마음건강연구소'를 설립하여, 모든 것이 준비가 되면 적극적 경청과 공감적 이해, 인격적 수용을 통한 상담 업무를 통하여 내담자를 도울 수 있도록 하고, 또한 하늘이 감복할 정도로 노력을 하면 좋은 결과가 있지 않을까 하는 기대와 함께 미친 듯이 공부를 했다. 또한 요즘에는 한국자살예방상담센터의 생명 존중 전문 강사로서 활동도 활발히 하고 있다. 불명예스럽게 우리나라는 20년 이상 계속적으로 OECD 국가 중에서 자살률 1위를 달리고 있고 하루 소중한 생명이 35명 이상이 우리의 곁을 떠나고 있다. 자살 예방 분야의 전문가가 되어 자살 없는 사회가 될 수 있도록 생명의 소중함을 전파하는 것이 앞으로의 나의 소명이기도 하다.

아무런 희망이 없고 아무 일도 할 수 없을 때, 나는 하느님의 부르심을 따라 하상신학원에 입학을 하고, 2년 과정을 마치고 "목구멍이 포도청"이라는 말처럼 일용직이라도 해야 하는 형편에서도 더 큰 선교 사명을 완수하기 위해서 마지막

1년 과정의 심화 과정을 마쳐 선교사와 교리교사 자격증을 취득하였다. 지금은 성당에서 주일학교 학생들을 위한 교리교사가 되어 어린이들을 올바른 신앙의 길로 인도하는 역할을 하고 있다. 앞으로도 많은 공부와 연구를 통하여 하느님의 뜻을 쉽게 이해할 수 있도록 다양한 방법을 통하여 신자들에게 전하고 싶다.

시간이 없는 가운데에서 강의가 있으면 보조 강사와 강사로 활동을 하고 있고, 강의를 듣는 사람들에게 감동과 공감을 주고 삶에 가치와 변화를 주기 위하여 알기 쉽고 집중력 있는 강의 PPT를 만드는 방법도 계속 연마하고 있다. 명강사가 되기 위하여 배우고 실천하고 끊임없이 자기 계발에 열중하고 있다.

상담업무를 잘 하기 위해서 필요한 지식과 실무를 익히기 위해 순복음대학원대학교에서 장학금을 받으면서 상담학을 공부하고 있고, 곧 1학기만 끝내면 석사 졸업을 앞두고 있다. 내가 공부하는 이유는 능력있고, 내담자에게 꼭 필요한 상담사가 되기 위해서이다.

7개국 외국어 도전을 꿈꾸고 실천함으로써 나의 도전을

시험하고, 어려서부터 소망했던 꿈을 키우며 못 이룬 꿈을 펼치고 싶고, 많은 사람들에게 나이가 들어도 포기하지 않고 도전하면 누구든지 할 수 있다는 자신감을 키워주고 있다. 대한민국 아니 전세계에 "I can do" 정신을 전파하여 세계인들에게 꿈과 희망을 안겨주고 싶다.

삶의 마지막 코너에 몰린 사람이 나의 실패에 대한 도전을 거울삼아 삶을 포기하지 않고 다시 살게 만들고, 나의 어려움을 극복한 이야기를 들은 많은 실패자, 어려움을 겪는 사람, 희망이 없는 사람, 앞으로의 할 일에 대하여 막연한 사람들에게 꿈과 희망을 안겨줄 수 있다고 생각한다. 또한 퇴직을 앞두거나, 퇴직을 하거나 아니면 나이가 드신 분들에게도 새로운 인생 2막에 대한 도전을 꿈꾸게 하고, 학생, 군인, 일반인들에게도 인생에 필요한 나침반이 될 동기 부여의 길을 열어 줄 희망의 증거가 되리라 생각한다.

나는 어려서부터 기분이 좋을 때나 슬플 때나 남진의 '님과 함께'를 율동과 함께 힘차게 불렀다. 희망의 증거가 될 그 날을 생각하며 노래를 부른다.

저푸른 초원위에

그림같은 집을 짓고

사랑하는 우리님과

한 백년 살고 싶어

봄이면 씨앗뿌려

여름이면 꽃이 피네

가을이면 풍년되어

겨울이면 행복하네

멋쟁이 높은 빌딩 으스대지만

유행따라 사는것도 제멋이지만

반딧불 초가집도 님과함께면

나는 좋아 나는 좋아 님과함께면

님과 함께 같이산다면

　　서진규 박사의 희망경영학교 특강에서 말한 "인간이 태어나는 데는 아무런 선택이 없습니다. 인간이 죽는다는 사실에도 아무런 선택이 없습니다. 인간에게는 이승에서 살 수 있는 단 한 번의 기회밖에 주어지지 않습니다. 그러나 이 한 번의 기회를 어떻게 살다 가는가는 바로 내가 결정합니다. 이왕 태어난 삶, 한 번 힘차고 보람있게 살다 가야 멋있지 않겠습니까."가 내가 바로 희망의 증거가 될 이유이다. 앞으로의 나의 인생은 '희망의 증거자', '희망의 수호자', '희망 디자이너'로 불리게 될 것이다.

희망의 증거가 되자. 아침 해가 떠오르듯이

에필로그

희망을 버리지 않으면
꿈은 이루어진다

우리가 무슨 생각을 하느냐가 우리가 어떤 사람이 되는지를
결정한다.
-오프라 윈프리

60 평생을 앞만 보고 성실하게 살아왔습니다. 그러나 어
느날 쓰나미가 덮쳐, 나의 인생을 송두리째 복구할 수 없는
폐허로 변한 전쟁터로 만들었습니다. 간신히 몸만 빠져나온
나는 눈물로 매일매일을 지새우고 어찌할 수 없는 현실에 모
든 것을 던져버리고 아무런 희망도 없이 절망 속에 빠져있었
습니다.

그러던 중 죽음만이 이 문제를 해결할 수 있는 유일한 길
이라고 판단되어 극단적인 선택을 하고 이 세상을 등지려 했
습니다. 그러나 가족의 사랑과 친구와 지인들의 격려와 지원

에 힘입어 새로운 인생의 2막을 올리며 살아 보려고 발버둥을 쳤습니다. 결코 포기하지 않고 목표를 새로 세우고, 또한 돈을 안 들이고 돈을 벌 수 있는 강사라는 직업에 도전을 했습니다.

우선 내가 그럴 정도의 용기와 시도를 할 수 있던 것은 나의 혼자의 힘이 아니었습니다. "나에게 모든 것을 다 잃어도 목숨만은 버리지 말라고" 간곡하고도 단호하게 말을 한 아내와 어려움 속에서도 마음의 위로와 경제적 도움을 아끼지 않았던 아들, 며느리, 딸 그리고 극한 상황 속에 몰렸을 때 도움을 준 친척들과 친구들에게 감사하게 생각합니다.

다시 정신을 차리고 모든 것을 잃어버리고 나의 곁에는 아무것도 남지 않았다는 현실을 직시하고 현재의 상황을 받아들이게 나에게 지혜와 감사를 통해서 올바른 길을 갈 수 있게 도와주신 주님께 감사의 말씀을 드립니다. 또한 하상 신학원에 입학을 하고 무사히 졸업을 할 수 있도록 도와주신 모든 분들에게도 감사합니다.

또한 어려운 사정을 이해하고 새로운 도전이 가능하도록 물심양면으로 도와주신 여러 교수님들과 귀인들 (정정임 교수님,

김순복 원장님, 이치숙 교수님, 정택수 교수님)에게도 감사드립니다. 만약 이분들의 도움과 격려와 지원이 없었더라면 내가 칠전팔기의 오뚜기처럼 일어서는 일이 불가능했을 것입니다.

데일 카네기가 말한 "세상의 중요한 업적 중 대부분은, 희망이 보이지 않는 상황에서도 끊임없이 도전한 사람들이 이룬 것이다."라는 것을 마음속에 깊이 간직한 채 다시 도전하고 있습니다. 남들은 70을 앞둔 나이에 새로운 도전이 가능하겠느냐고 이야기합니다. 그러나 느리지만 한 발 한 발 내디디면서 내가 목표로 하는 '명강사'가 되여 어려운 분들에게 희망 디자이너가 되어 꿈과 희망을 전하기 전까지는 절대로 포기하지 않을 것입니다. "할 수 있다고 생각하면 성공할 것이고, 내가 할 수 없다고 생각하면은 할 수 없을 것입니다."

내가 죽음의 늪에서 헤쳐나온 이후, 강사의 직업에 도전하였고 명강사를 꿈꾸고 있고, 하상신학원 3년 과정을 마치고 교리교사의 역할을 열심히 하고 있고, 상담학과 대학원 석사 과정도 1학기 남겨두고 있습니다. 마을 발전을 위한 자치위원 활동도 2년째 이어오고 있고 꿈과 희망의 아이콘인 희망 디자이너가 되어 희망 전도사가 되어 열심히 활동하고 있습니다.

나는 감히 말할 수 있습니다. 희망 없이 절망 속에서 죽음 밖에 답이 없던 제가 새로운 결심으로 도전하고 노력함으로써 희망의 증거를 찾게 되었습니다. 저와 같이 희망도 없고 앞날이 캄캄한 분들도 제가 걸어온 도전의 길을 참고로 한다면 반드시 희망의 빛을 발견해 새로운 제2의 멋진 인생을 살아가리라 확신합니다. 또한 퇴직을 앞두거나, 퇴직 후 새로운 인생 계획이 필요하신 분, 어려움에 빠져 인생의 새로운 돌파구가 필요한 모든 분들에게 반드시 도움을 드릴 것이라 생각합니다.

끝으로 저의 절망 속의 희망의 이야기를 책으로 엮어 주셔서 많은 사람들에게 희망의 등불이 되도록 만들어 주신 행복에너지의 권선복 대표님과 팀장님과 편집실 모든 분들에게 진심으로 감사의 말씀을 드립니다.

희망디자이너

유창옥

바닥을 딛고 올라서며 부르는
희망의 노래

권선복 | 도서출판 행복에너지 대표이사

"바닥을 걸어야만 다시 올라올 수 있다. 그냥 바닥을 딛고
일어서는 것"

정호승 시인은 〈바닥에 대하여〉라는 시를 통해 우리가 인
생의 '내리막'이라고 생각할 만한 위기를 맞이했을 때 어떠한
마음가짐으로 대처해야 할지를 이야기한 바 있습니다. 끝이
보이지 않을 정도로 깊이 떨어진다고 생각할 수 있지만, 반
드시 바닥은 존재하며, 그 바닥을 딛고 일어설 수 있다면 반
드시 다시 올라올 수 있다는 마음가짐은 우리의 삶에 중요한
지표가 되어 줄 수 있을 것입니다.

그런 의미에서 '희망디자이너' 유창옥 저자의 역경과 회복
을 솔직하게 담아낸 이 책은 분명히 최선을 다하고 있음에도

모든 것이 악화될 때, 더 이상 가능성이 없다고 생각되어 모든 것을 버리고 싶을 때 우리에게 큰 용기와 위로를 줄 수 있는 책입니다.

유창옥 저자는 '무언가를 진심으로 꿈꾼다면 결코 늦지 않았다'는 희망찬 꿈과 함께 창업을 결심했고 직원을 행복하게 해 주며 국가경제에 도움이 되겠다는 일념으로 불철주야 휴식도 잊어가면서 일했지만 수많은 불운이 겹쳐 회사가 파산하고 경제적으로 아무것도 할 수 없는 상황이 되었을 때 모든 것을 포기하고 세상을 등지려는 시도까지 했었다고 이야기합니다. 다른 고통은 견딜 수 있을지 몰라도, 좋은 뜻을 가지고 최대한의 노력을 했음에도 결국 다른 사람에게까지 고통과 어려움을 안겨주게 되었다는 사실을 받아들이기 어려웠다는 것입니다.

하지만 그럼에도 불구하고 오로지 '가족의 사랑' 하나로 다시 일어나, 바뀌어 버린 환경에 적응하고, 일하던 때에는 여유가 없었던 공부를 하고, 강사로서, 선교사로서 끊임없는 배움과 활동을 계속하고 있는 유창옥 저자의 이야기는 우리가 아무리 노력해도 피할 수 없는 역경에 마주해야 할 때가 있음을 알려주는 동시에, 깊은 바닥에 발을 딛는 것을 두려워하지 말고, 바닥에 한 번 닿아 보았기에 더 높은 곳을 향해 걸어 올라갈 수 있다는 소중한 메시지를 전달해 주고 있습니다.

희망

유창옥

희망이
저 멀리서 손짓하네요

다가가니 희망이
사라졌네요

희망이 다시
반대편에서 미소짓네요

희망이 안 보여
여기저기 두리번거리니

희망이 내 어깨를 툭 치며
난 언제나 내 곁에 있다고
속삭이네요

사랑이 말하네요

유창옥

사랑이
속삭이네요

사랑이 가슴을
툭툭치네요

사랑이
손을 꼭 잡네요

사랑이
사랑한다고
말을거네요

나

유창옥

나를 생각하면
꿈이 생각나
산이 생각나고
희망이 생각나
바다가 생각나고
언제나 나는
나를 엄청 사랑하나봐

행복을 부르는 주문

권선복

이 땅에 내가 태어난 것도
당신을 만나게 된 것도
참으로 귀한 인연입니다

우리의 삶 모든 것은
마법보다 신기합니다
주문을 외워보세요

나는 행복하다고
정말로 행복하다고
스스로에게 마법을 걸어보세요

정말로 행복해질것입니다
아름다운 우리 인생에
행복에너지 전파하는 삶 만들어나가요

긍정의 힘

권선복

우리마음에 긍정의 힘을 심는다면
힘겹고 고된 길 가더라도 두렵지 않습니다.

그 어떤 아픔과 절망이 밀려오더라도
긍정의 힘이 버팀목 되어 줄 것입니다.

지금 당신에게 드리겠습니다.
열린 마음으로 받아들일 수 있는 긍정의 힘.
두 팔 활짝 벌려 받아주세요.

당신의 마음에 심어진 긍정의 힘이
행복에너지로 무럭무럭 자라날 것입니다.

아름다운 사람

권선복

아름다운 사람이 되고 싶습니다
내가 말한 말 한마디에
모두가 빙그레 미소 지을 수 있는 힘을 가진
아름다운 사람이 되고 싶습니다.

내가 보인 작은 베풂에
모두가 행복해할 수 있는
선한 영향력을 가진
아름다운 사람이 되고 싶습니다.

말보다 행동보다
모두에게 진정으로 내보일 수 있는
아이같은 순수함을 지닌
아름다운 사람이 되고 싶습니다.

'행복에너지'의 해피 대한민국 프로젝트!

〈모교 책 보내기 운동〉〈군부대 책 보내기 운동〉

한 권의 책은 한 사람의 인생을 바꾸는 힘을 가지고 있습니다. 한 사람의 인생이 바뀌면 한 나라의 국운이 바뀝니다. 그럼에도 불구하고 많은 학교의 도서관이 가난하며 나라를 지키는 군인들은 사회와 단절되어 자기계발을 하기 어렵습니다. 저희 행복에너지에서는 베스트셀러와 각종 기관에서 우수도서로 선정된 도서를 중심으로 〈모교 책 보내기 운동〉과 〈군부대 책 보내기 운동〉을 펼치고 있습니다. 책을 제공해 주시면 수요기관에서 감사장과 함께 기부금 영수증을 받을 수 있어 좋은 일에 따르는 적절한 세액 공제의 혜택도 뒤따르게 됩니다. 대한민국의 미래, 젊은이들에게 좋은 책을 보내주십시오. 독자 여러분의 자랑스러운 모교와 군부대에 보내진 한 권의 책은 더 크게 성장할 대한민국의 발판이 될 것입니다.

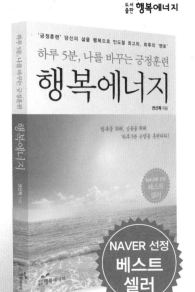